思考の結界

鳥谷野　涼

文芸社

梗　概

主人公羽島京介――。彼は歴史の足跡が少しでもあり、そして想念の波長がそれに同調すれば、恰《あたか》もビデオでも見るように過去を脳視できる特異な能力を有している。遣米使節団をエピソードの原点とし、戊辰戦争が起点となって、明治維新、第一次・第二次世界大戦、或いは伊藤博文暗殺事件、文化大革命、そして華僑のミステリアスな巨大パワーと、一見すると歴史の枝葉が脈絡もなくランダムに広がっていくが、その底流に潜むブラックホールが連綿とひとつの共通項を辿っていることが次第に明らかになっていく。幕末から２００X年迄、歴史に実在した一挺の小型拳銃にまつわるエピソードと、背面史との係わり合いを、一人の異能の持主が、独善的かつ仮設的に解明していく物語である。手の中に隠れるほどの小型拳銃が、日本史のみならず、世界史の裏面にまで係わっていた、という大胆な仮説とともに、ラストシーンに小さな絡繰《からく》りと、少しの夢を託してみた。

❖目次❖

第1章　終わった夢のはじまり

季節は変わり、日々は過ぎ、時は流れる。

しかし、当然の摂理の中にも、どんなに言葉を選び、駆使しても、伝えることのできない不思議や感動は存在する。

例えば、羽島京介の世界である。


荒涼とした奇景の原野に、処々信じられないほど、鮮やかにラフレシアのような奇怪な花々が咲いている。

巨岩と土塊の割裾に蝶が一匹、羽を休めている。

原色に近い毒々しい赤と黄と黒が異様に視神経を刺す。

時の感覚どころか夢現の感覚さえない。

微睡《まどろ》みの夢か幻の次元世界の中で突然、何かの衝動を受けたように忽然《こつぜん》と戦慄が走った。

一匹と見えた蝶がふわりと飛び立った途端、無数の蝶が割裾から続々と舞い飛び出て、空いっぱいに乱れ飛翔している。

しかも、勝手に飛んでいるようでいながら、何かの法則に従って広がったり、群がったりしている。

謎絵のようでもあり、或いは羽衣擬態《はごろもぎたい》の異星人が嘲笑《あざわら》うかの如く浮遊しているようでもある。

心奥に響鳴し、時には訴えかけるような影のない光と色の不思議な幻想の世界である。

既視感覚なのか未来空間なのか、忘れられないはずなのに思い出せない徒《いたずら》な焦燥感が激しく脳芯を苛《さい》なんでいる。

ふと、何かを思い出せそうになった瞬間、無数の蝶は一斉に意志を持って枯色の山野の中に引き込まれるように流れていって暮色の幽景の中に融入してしまった。

昨夜も相変わらず寝付きが悪く、レンドルミンとセルシンをいつもの倍量、グラス半分のウォッカで喉に流し込んだ所為か頭の芯に傷のような痼《しこ》りが残っていた。

ケニー・Gの〝ブレスレス〟が何回目かのスタートに戻って擦り切れたソプラノサックスを流し続けている。

いつもは心を癒したくて聞いているのに今朝は何故か痺れ、物憂げにしか身体が受け付けない。

クオーターほど残ったスミノフ、缶ビールのつぶれたものが何個か、フォークナーの短編集と山口椿のコレクション、それに時代物の文庫が床に散乱している。多分、眠ったのは午前3時か4時頃かも知れない。しかし、いつもの休日の目覚めである。来年還暦を迎える男の日常としては極めて異な光景であるかも知れないが、休日前夜は彼にとって全ての社会規範から解き放たれ、時が崩れ錯綜し、現実が闇の底に沈み、自分の心奥に触れる事ができる至高至福の時空間であった。

羽島京介が、目に触れるもの、もしくは脳内の琴線《きんせん》に触れるものに媒体的に触発された時、その過去が夢と現実の中間の隙に、想念されたり幻視されるようになった自分に気付いたのは小学校一年生の夏、１９４６年の突然の日の事であった。

しかし、その異能に対する世間の現実は、夢想しがちな少年の戯《ざ》れ言と嘲笑われるか、冗談や作り話、と一蹴される頑迷な世界であり、過去を立証しようとしたり真剣に聞き入ろうとする考えなど全くない、現視しか信じない人達による変人扱いや異端視的いじめであった。

時には「嘘つき」という少年の心を深く傷つけるはやし言葉を投げつけられたり、教育的補導すら受けかねない惨澹《さんたん》たる精神の貧困時代でもあった。

京介は、唯一信じてくれる母の優しさを心の支えに、自分は自分、という踏ん切りをつけてからは心の片隅に固く鍵を閉ざし、表面的には同世代の思考レベルにどうにか同調していった。

しかし、内実は他者の決して入り込めないマインドワールドを抱えた、或る意味でやるせない少年時代を過ごしてきた、と言えるかも知れない。

そして、母以外の第三者のいる所では決して幻視とか透視の話はしなくなっていたが、偶《たま》には、自分の異能という感覚を確認するかのように試してみる事はあった。

しかし、それは恰《あたか》も自慰行為をした後の自己嫌悪にも通じる精神的な密室行為であり、慙愧《ざんき》や、後悔の念が残る後味の悪さがあった。

それ以外では多少、変わった存在ぐらいの印象で普通の学生時代を過ごしてきた。

東大文Ⅰに合格した時も特別な感動もなく、他者から見れば気障《きざ》なくらいクールで、生来の感情を表出する事を避けながら可も無く不可も無く卒業し、食に困らない程度の親の財産もあった所為か、今でいうキャリア組の辿《たど》る道にあっさり背を向けて社名だけは世界的にも名の知れた大手通信系出版社の気儘《きまま》な記者の道を選んだのである。

しかし、その後、京介の心中深く鍵をかけられた部分は更に異能化して尖鋭《せんえい》になっていき、時に本来の性癖と混然となって脳内に襲いかかってこられると、自意識は途方もなく困惑し、錯乱しそうになる感情を持て余すことも度々であった。興味を殺《そ》がれると何時間経っても、どんなに心を強制させても、何も湧いてこない。心が乾いたような状態になり、仕事中であったりすると表情を糊塗《こと》するのに悪戦苦闘する、といったインナーマインドワールドであった。

例えば、女優のインタビュー記事を書かなければならない時など、どんなに美人で肉感的であっても、その化粧の下に隠されたもうひとつの顔が幻視されると、たちまち心が暴走し、シナリオは只の一歩も前に進むことができず、いつの間にか苦渋に冷汗がしたたり落ちる拷問感覚に襲われることも一度や二度ではなかった。胃痙攣とか訳の分からない特病とかの理由を持ち出し何とかその場を取り繕《つくろ》って凌いできたが、内心に反して笑顔がつくれるようになったのは、入社して大分経ってからのことである。

私生活では、偶《たま》に、本当に極めて稀に、京介の心の隘路《あいろ》をすり抜けて好意を持てる女性に出会ったこともある。

しかし、次の恋愛の段階に進み、手を握り合ったり、キスをしたりすれば彼女がいくら頑《かたく》なに秘閉しようとしていても、他言を憚《はばか》るような嗜好や性癖が一瞬のうちに脳裏に浮かび、ギリシャ神話の女神に射竦《いすく》められでもしたように、石に固まってしまう。そういった苦い経験も度々であった。

今、流行の風俗店のギラギラの看板やネオンを見ただけで鳥肌が立つ思いは、年齢と共に益々激しくなってきているような気がしている。

その念想や透視が真実なのか、単なる妄想なのか、知る術もないだけに、世間的な一般常識からも、京介的世界に関してだけは意識的に遠ざかるようにはしていた。

しかし、人生も残り少なくなってきた年齢の所為か、或いは社会的雑事が多くなって思考の我が儘《まま》が封じ込められた所為か、研ぎ澄まされた精神の尖鋭部分も或る程度、穏やかな状態にできるコツも自然と身につき、どこにでもいる中年のオジサンを演ずることはできるようになっていた。

年齢相応にどうにか普通の結婚もして、子供にも恵まれ、世間的にはありきたりの平和な家庭環境である、と思っている。

しかし、精神的に成長したのではなく、単にセルフコントロールができるようになっただけで、時には感電しそうになるほどの鋭い神経のある精神ルームは、内向的に深く沈潜していっただけであった。

ただ、精神の安定を支えていた救いは、通信系雑誌社という職掌柄、外出したり物を書くという機会が多いことと、京介の担当する虚実取り混ぜての雑文はひとつの売りジャンルになっていたことである。

そしていつかな、馘首《くび》になるどころか社会的には或る程度通用する肩書き迄つくようになっていて、社内的に自分で自由がつくれるようになっていたことと、もうひとつ、欠くべからざる支柱があった。

社会からも、会社からも、そして、家庭からもフェードアウトして過ごす自分だけの時間の所有であった。つまり、週末の貴重な数日間である。もちろん毎週というわけにはいかないが、これが、赦《ゆる》されていなかったら京介はとっくに精神病院のお世話になっているか、世間からドロップアウトした生活を送っていたかも知れない、と自問自答することがある。

正気と狂気、夢と現の間を行ったり来たりできる唯一の時空間を持てる、という事は、また素直を取り戻せる京介必須の〝癒し方〟でもあった。

社会の覗き見的な動きには、雑誌人という自覚と必要性以外にはあまり興味を持たないようにしていたが、自分だけの思念時間というものは、週末以外にはそう簡単に得られるものではなかった。

そして、長年の間、思いつくままに心を乱したり、癒したり、時には幻想の迷走を弄《もてあそ》んだりしていた彼我の交流は、或る頃から、自分の思惑とは全く無関係に、理解できない物事やリフレクションが突然ランダムに脳裏に飛び交いそれらを幻視せざるを得なくなる、という不思議な精神ワールドに変わっていた。

しかし、このような状態も京介が或る強烈な情景に出会って一変したのである。

そして今、夜は今迄通りであるが、昼でも、もちろん仕事中でも、思念と意識を集中させれば、過去への幻想も、時には透視すらできるようになっていた。しかも一瞬の間に、何十年分もの時の長さを超えて。

第2章　ある朝突然に

横浜支局、といっても対外的な見栄だけであり、アルバイトの女子従業員を入れてもたった五人の組織であるが、支局長代理という肩書きで横浜に赴任したのは、京介、20代の最後の年であった。一般通念的には主任とか係長といった類であるが、職務的に押し出しが利いた方が良い、ということで京介の会社では常套《じょうとう》である。

街中に見かける簡易郵便局程度か、と京介は自嘲的に納得している。

東京の自宅からでは、むしろ本社通勤より容易であったが、敢《あ》えて会社の借り上げマンションに移り住むことにした。学生時代から一人住まいというものに多少憧れていた故でもあったし、自分の精神ワールドを心ゆくまで試してみたい思いもあった。

一通り表面的ではあるが、横浜の歴史と地理と紳士録を把握し終えた頃の或る夜、初めて夢がストーリーを持って、しかも映像フィルムのように鮮明に覚醒後も脳裏に残ったのである。

日曜日の朝、母がセットしていってくれたモスグリーンのカーテンの隙間から、鋭角で入ってきた太陽の眩しさに思わず飛び起きた。

英国でまだ勉強がし足りないと頑張っている友人から、昨年クリスマスプレゼントに貰ったビートルズのギター仕様の時計が12時を指している。しかし、肉体的な空腹感は全くなく、わくわくするような感動で脳内が完全に麻痺していた。

群集のざわめきの中、横浜港に夥《おびただ》しい数の艦船が碇泊している。

1860年、万延元年、日米修好通商条約批准書交換の為、渡米していた遣米使節団が帰国、下船している。

団長　外国奉行　　　新見正興豊前守
軍艦奉行　　　　　木村摂津守
艦長　　　　　　　勝　麟太郎

といった錚々《そうそう》たる顔ぶれである。

新見正興は拳銃の弾丸でも弾き返せそうな、見るからに頑丈な皮鞄を、これだけは従者に持たせずしっかりした足取りで下船した。

京介の脳内が異常に鋭敏になって、その皮鞄の中も透明フィルムのように見えている。

批准関係書類に交じって皮ケースに入った三挺の拳銃が、更に風呂敷様の柄色布に包まれて宝物のように内座していたが、柄布も見覚えがあった。

現在とはストライプも星の数も異なるが紛《まぎ》れもなく、米国国旗、星条旗である。

80余名という多数の随行員の中には福沢諭吉もいた。

場面が変わる。

8年後。

1868年、江戸で慶応義塾が開校され、東北では戊辰戦争が勃発していた。

正義なき壮絶な戦争が展開されている。

奥羽列藩同盟の盟主であった仙台藩の降伏で終結を見、廃藩置県が施行された。

1871年の7月の事であった。


直射日光が遠のいて、外の雑踏のかすかなざわめきも聞こえ出している。

世界の最先端を走るアメリカの文明を目の当たりにしてからも、日本が江戸を終わらせるには10年という歳月が必要だったのか、というのが覚醒後の想いである。

そして維新の黎明《れいめい》が時を移さずきらびやかに輝いたかというと必ずしもそうではなかった。

そのような時流にどうしても乗り切れず、時代の変化に逆恨みする頑迷固陋《がんめいころう》な人々も多く、数々の悲劇が再び幻想の世界で展開されることになる。

そのひとつに、自分の本意に反しながらもその本性の優しさから、万止むを得ず統帥に担ぎあげられ、非業の死を遂げた西郷隆盛を取り巻く一連の事件があった。

西南戦争である。まさに時代に逆行しようとした錯誤の典型的な戦争であった。

しかし、この戦争は或る時代の終焉《しゅうえん》を象徴する戦いでもあったことは確かである。

それは、抜刀斬込みを建前とした、つまり個人の顔が見えた最後の戦争であり、集団と個人の存在意義を壮大に問いかけ、近代日本創建へのまさしく反面モラールになったのではないか、という歴史評がテロップのように脳裏に焼きついている。

覚醒と夢想の意識の谷間が浅く、思考がまるで未完成のタイムマシンのように無造作に飛び交っている。

何度か、コーヒーブレイクを入れて目を閉じると再び夢になる。

日曜日という日、そして今は、京介の幻想と思考の世界だけであり、歴史の事実は、そのままである。京介のミステリアスな精神ワールドの幕開けであった。

第3章　その時、三条木屋町で

再び本社に転勤になった或る年の晩秋、京介、いつものエスケープである。

昨日、竹林の厚い落葉を足裏に心地好く感じながら、小一時間も散策し、清滝《きよたき》の霊気を呼ぶような水音に心を洗い、宿の夕膳に向かったのはすっかり夜の帳《とばり》がおりてからであった。

しかし、昨夜は何故か心が騒ぎ、眠れぬままに酒が過ぎた所為か、日曜日の肌寒い朝まだき迄、ここ京都、嵐山温泉「嵐峡館」の3階の和室は、見掛けの静寂とは裏腹に思念空間は混沌と矛盾、過去と現在、想像と妄想の乱れ飛び交う、正にカオスの世界であった。

しかし、早暁に近い頃、冬の到来を告げる雪降しの雷が遠くで鳴り出したと思った瞬間、強烈な稲妻が光り、爆雷のような轟音が半覚醒の京介の耳目を揺るがした。

その途端、脳視の世界に蜃気楼のような光景が浮き上がるようにその輪郭を鮮明にしだした。

茶屋の横路地から、突然、獣のような唸り声と共に二人の男が白刃を閃《ひらめ》かせながら躍り出て来た。

1864年、海防八策を表して海の時代の到来を主張し、強烈な個性で幕末開国派の巨頭といわれた佐久間象山が、7月11日、尊王攘夷に凝り固まった高杉晋作と長時間議論をしての帰り、三条木屋町に差し掛かった時である。

しかし、常々、事あるを予見していた象山には剣の使い手である食客浪人が何人か従っており、直ちに応戦している間に、彼は、馬腹を蹴ってその場を逃げ去ろうとした。

とみるや、一人の小柄な人物が疾風のように向かい走って来て、馬側一尺を通り過ぎて群集の中にあっという間もなく紛れていった。白く細い右腕が瞼に眩《まぶ》しく残っている。

剣戟《けんげき》の響きと怒声と騒然たるざわめきの中で、時速50キロメートルで走る愛馬から象山がぐらりと揺らぎ落ちたのは、実に二町も先の所であった。

群集は何が起きたのか知る由もなかったが、ざわめきの外で、花のように美しい顔を悲しそうにうつむかせている一人の女性がいた。

象山の左の胸に、ポツッと赤い染みが浮きでてきたかと思うと、それは何かの生き物のように広がっていった。

京介には22口径の弾丸が正確に的を捉えた瞬間が、まるで群集の中の真近にいた一人のように見えていた。

言葉では言い表せない強烈な感情の奔流抑え難く、朝食を知らせに来た仲居の言葉も上の空でしばらくは起き上がることさえ忘れていた。

本社に戻っても、昼はまだしも夜になると連日、木屋町の光景が甦り、歴史の足跡から薄靄《うすもや》のように反応してくる妄想や脳視を、或る種の麻薬中毒状態で京介の脳細胞が欲求して、不眠も極限状態であった。

数週間後、無理矢理に出張理由をつくり、金曜日の昼過ぎには思わず鞄を置き忘れるほど、取り乱しながら新幹線に乗込んでいた。

初冬の清々しい、奈良の朝、荒池の畔「奈良ホテル」の2階の奥室、D・Dの札をノブに下げておいた為か、新聞を差し入れにきたボーイの足音も、廊下を通る雑音も、コソリとも聞こえなかった。

ゆっくり寝だめをした、という感覚で身体は久々に爽快に目覚めている。

また、頭の中も思い通りに思念の集中できた夢を見れた、という心地好い疲労感に満ちていた。

ベッドの中での夢現の境にいる感覚も好きであるが、覚醒した状態で夢の痕跡をローソクを灯けた走馬灯のようにゆったりと思い出している、今のような状況も格別である。

端然と瞑目しながら腕を組み、柱に寄り掛かっている一人の男がいる。

あの木屋町の事件から1年後の1865年、世に言う〝天誅組の乱〟に参加し、〝大和義挙〟の際に重傷を負って敗走しているところを、坂本竜馬に助けられ、そのまま海援隊に属していた伊吹周吉であった。

巨漢であるが実に穏やかな優しさを醸《かも》し出し、知性も感性も鋭そうなのに顔に出さず、中国でいう大人《たいじん》のような不思議な雰囲気を漂わせている。その伊吹の影にひっそりと控えている美貌の女性がいた。伊吹は「およう」と呼んでいたが、本名かどうか分からない。しかし、間違いなく佐久間象山が乗っていた馬側を走り抜けたあの女性であった。生活の匂いを全く感じさせないばかりか、年齢も見当のつけようがなく、洗い髪を無造作に櫛でとめているだけで、その境涯すら推し測れない。清冽な色香はかすかに漂っているが、目元の涼しさ、右手に扇を弄《もてあそ》ぶ様は竹久夢二の描く世界である。

ホログラフィのように脳視の中に浮かんでいるが、京介の脳芯では彼女に何故か再会の予感がしていた。

京介がその後、会社の資料室で調べてみたところ、伊吹は後年、秋田県知事を歴任して男爵に迄なっている。

気が付いたら、妄想中毒症状からやっと解放された、そんな気分であった。

第4章　1868年

京介は、できるだけ普通の人々に染まり、馴染む努力をし、会社では努めて自分の存在感を薄くする世過ぎを身に付けていた。最近では、自分を取り巻く人生環境に結構楽しさを感じていたし、自分だけの世界を少しは自由に創り上げる方策も身に付けていた。

その自分のインナーマインドは絶対に誰にも知られたくなかったからである。

「奈良ホテル」でのエスケープから、数カ月後、京介は東北地方、内陸部の仙山県境に近い秋保温泉のホテル「佐勘」の12階のスウィートでひっそりと目を閉じ、窓際のソファーに深々と埋まって、想念の世界に没頭していた。

またぞろ出始めた夢遊中毒のなせる仕業であり、しきりに誘うような心の声と歴史的足跡に吸い寄せられての北帰行であった。

外界の雑音も全く耳に入らず、瞼の裏には激しい人馬の喧騒が映っていた。

南部盛岡藩邸の夕日の差し込む広い居間で武士何名かが、先の藩公、利剛公に戦況の報告をしている。

1868年、慶応4年、戊辰戦争の最中である。

その局地戦とでも言うべき攻防が小競り合い的にあちこちで発生しており、戦域は広がっていたが、趨勢《すうせい》を決める戦況までにはなかなか至らず、厭戦《えんせん》気分も横溢《おういつ》しかねない怠《だ》れ戦になりかかっていた。

その中で秋田藩が奥羽同盟を裏切った為、盛岡藩が秋田藩に猛攻撃を仕掛け、遂に大館城を奪い取ると、今度は、官軍に内通する弘前藩が突然叛旗《はんき》を翻して盛岡藩を攻撃する、といった敵味方の一朝にして入れ替わる、目まぐるしい戦いになっていた。

大義の乏しい戦争になってきた段階で、南部騎馬軍団の精鋭を擁する盛岡藩が、戦況に見切りをつけ一足先に帰藩したその夕刻である。

死傷者も奥羽列藩同盟諸藩の中では最も少なく、藩威《はんい》も損なわなかったとして、真中にいた背の高い立派な武士が一挺の短銃を下賜された。

小さな六連発銃で、銃把には象牙とべっ甲で見事な細工が施された芸術品のようでいて、操作的にも手に吸い付くような流麗な拳銃であった。

米国、ハドソン社製のミニ・レボルバーで、シングルアクション、22口径仕様である。全長11・3センチメートル、重量138グラムという実に小型でありながら、少し慣れれば、2~30メートル先のハートサイズにも命中可能な精度を誇っていたようである。

突然、〝パン!〟という銃声を聞いたような感覚で京介の脳が震えた。身体は眠ったままである。

本社の資料室にあるパソコンにモニターのような映像が映っているが、京介の記憶の扉が開いただけであった。

火器の百科資料がテロップのように思い出される。

この戊辰戦争当時、欧米から日本に輸入された銃器は約50万挺を超えており、特に佐賀藩の所有していたスペンサー銃は全国的に勇名を馳せていたが、この拳銃のような逸品は類をみなかった。

また、或る時期、西部劇に出てくる莫連女《ばくれん》がポーカーゲーム等でイカサマを見破られたりすると突然、ドレスの裾から取り出したりする護身用であった。

その後、スパイ用としても広く流行したが、最近ではスタイルが良く、小型軽量で何よりも操作性に優れている為、一部上流階級の貴婦人達に好みのオプションを付け加えられたりもして、多少愛玩的に好まれている、と京介の潜在意識が教えている。

１８６８年の利剛公下賜の短銃は、正にその原型であり、全て手造りの逸品で、京介の脳裏に焼き付いて離れることはなかった。

盛岡藩邸で拳銃を下賜された場面で、先に武士、と言ったが時は明治への激動の移行期であり、或る男性と表現した方がふさわしいのかも知れない。

今思うと、羽島京介という男の遺伝的思考因子が、感電のように触発された、まさにその触媒となった場面であったような気がする。

と言うのも、京介の脳視や幻視に何の前触れもなく突然、１カット映像のように幾度となく登場する拳銃であったし、そのシーンは決まって京介の心奥に響鳴した。

何故なら、京介とその男性との間に驚くべき血の運命が隠されていたからである。

第5章　小さなひとりごと

京介、6歳の夏、誕生日のお祝いに祖父からアメリカ製のブリキの鉄砲玩具を貰った。嬉しさに小躍りして、その夜、布団に入る時も胸に抱いて寝たような気がする。

翌日、誰も盗る者はいないのに隠し置こうとして、家人の留守の折、あちこち引っかき回し、何気なく奥の居間の戸棚を覗いてみると、母の大切にしている津軽塗りの漆器の文箱が置いてあった。

江戸時代のものだと聞かされたことがあるが、巻紙が数本入る位の大型の昔箱である。丁度、格好な大きさであったので、蓋を開けてみると、中に紫の天鵞絨《ビロード》の布に包まれた大切そうなものが入っていた。

ためらいがあったが、少年の堪えようのない好奇心から、恐る恐る開いてみると、見事な拳銃であった。

時はマッカーサー元師の占領下であることは幼な心でも知っている。見てはならない物でも見つけたような気がして、慌《あわ》てて元に戻した。

しかし、その後も好奇心抑え難く、何度も覗き見、手にし、時を忘れて見入っていた。否、見入る、というよりも、激しく移ろいゆく夢か妄想か、訳も分からないまま脳裡をよぎるものに我を忘れていた、といった方が当を得ているかも知れない。

小学校卒業の頃迄、京介の密かな、そして最高の愉楽であった。

しかし、この更《ふ》けりの時が、京介のそれからの精神的成長を方向づけたターニング・ポイントであったような気がしている。

１９４６年８月、うだるような真夏の昼下がり、苔むした庭に陽炎が幻のようにゆらめいていたのを、50数年後の今でも京介は昨日のように思い出すことができる。

第6章　アメリカで出会った

あちこち転勤して再び戻った本社では、京介の部下も何人かできていたが、彼は、殆ど席にいることはなかった。編集会議とか、幹部会議等で深夜に及ぶ時など、最悪の精神状態である。

そのような時の癒し所は、いつもの資料室であった。

末席とはいえ役員の肩書きが付いてはいるものの、会議中に夢想の世界に没入していて、急に意見を求められ相応に返答できるほど、京介は度胸も器用さもなかった。

自分の担当領域が過ぎた頃合を見計らうと、小用の振りをして資料室に熱いコーヒーを持ち込み、ほんの数分間、目を閉じるだけで、異次元世界が疲れを払拭してくれた。

リスボンの穴蔵酒場であったり、カッパドキアの奇岩洞穴であったり、或いは、カンクーンのリゾートベイであったりと、過去に心を癒してくれた想い出の溢れる所だけ、頭に思い描けばよかった。

唯、ミニ・レボルバーへの想念だけは、四六時中、思いを馳せることが憚《はばか》られるほど、秘中の宝であり、愛しみの対象であった。


京介達のチームが、取材旅行で南北アメリカを縦断走破する機会に巡りあった。ハードスケジュールの中、何日目かにニューヨークの「ザ・リーガル・UN・プラザホテル」に泊まった。すぐ側に国連本部ビルの偉容がそびえたち、38階の一枚ガラスの外には、イースト川が見える。ここは、数々の映画の舞台となっているグランドセントラル駅から数ブロックの近さにあり、出張の度の常宿にしていた。今回は10年ぶりに訪れたのに、背の高い肩幅のがっしりした黒人のドアマンが、真っ白になった顎鬚《あごひげ》の顔に満面の笑みを浮かべて京介を迎えてくれたのが嬉しかった。

その日は疲れていたのか、或いは興奮していたのか、メールやFAXも見る気にもならず、ビルの谷間から夕暮れのイースト川を眺めていると、突然、全く予期せぬ想いが先に立つほど急激に、思念が覆い被さるようにマインドジャックされた。階数どころか部屋も10年前と全く同じであることに気が付いたのと、ハドソンと書かれた巨大なネオンサインが目についた瞬間であった。

北米大陸の東西両海岸が、無数の艦船で埋め尽くされている。

1914年、第一次世界大戦の真最中であった。

三国同盟（独・墺・伊）と三国協商（英・仏・露）の対立を導火線とした初めての世界規模の戦争が地球上のあちこちで繰り広げられている。

場面が急転して1919年ベルサイユ宮殿で華やかなパーティーが行われている。

しかしそれは、足掛け6年にわたった国際紛争の終結宣言の場であった。

そして、忘れようにも忘れられないあのミニ・レボルバーが、この大戦中、ここアメリカのニューヨーク郊外にあったハドソン社に持ち込まれ、熟練の技師によって、銃把以外のすべての部分がすっかりリニューアルされたのが見えている。

その鮮やかさは際立っており、銃把の紋様、手重ささえ感じられるようである。


後日、或るきっかけで知ることができたが、羽島の曽祖父、受政の同僚がワシントンの日本大使館で駐在武官をしていた折、協商側に与《くみ》することになった日米の連携は極めて厚く、まさに蜜月であった。アメリカにとっても、余裕のある戦争であり、国内的に国威は最高に昂揚していた。

そして、友人が時の国務大臣ハリソンの末息子に柔道を教えていたこともあって、裏ルートでは日本大使館きっての日米パイプ役であったらしい。その同僚がハドソン社の特別棟がペンタゴンの高官の為の銃器専用工廠であるのを知り、受政の手助けをした、ということである。人間の出会いは、時に奇跡的でさえある。

しかし、今迄、何度かこのリーガルホテルに宿泊していながら何も感じなかったということは、今思うと、京介の異能が幼稚であったのか、或いはセルフコントロールが拙かったのか、または全く別の背景か理由があったのかも知れない。

ドアのノックと覚醒と空腹が同時にきて、部下達と階下のビュッフェに降りようとエレベーターの乗降口に足を運んだ時、妄想や夢ではない現実の驚きに出会った。

「羽島ではないか?」

声をあげながら、押し戻すようにエレベーターから降りてきたのは、痩身長躯《そうしんちょうく》の白髪の紳士である。

東大新入生時代、駒場の学生寮で同室であった穂坂弘治郎であった。

とにかく一杯やろうということになり、バーカウンターに腰を下ろして改めて名刺を見ると、M重工業株式会社、常務取締役とある。そして左隅に、工学博士と併記してあったのが目を引いた。

京介は、

「これはなんだ?」

とまるで子供の質問だなと、内心苦笑いしながら聞くと、工学部卒業後、MITに留学し、数値から立体像を簡単に編み出す技法で博士号を取得した、と言う。

今では開発関係や土木、建築工学関連の世界では常識レベルになっている、という話であるが、現在のようにコンピューターが一般化していない時代である。

「たいしたものだな!」

と京介が感嘆すると、

「何、発想はたいしたものじゃない。ルネッサンス期にすでに透視図法という技法が考案されている。それをちょっとパクッたようなものさ」
と事もなげに言う。京介の心が猛然と躍りあがった。
恥を言うようだが、と前置きして自分の人と違うインナーマインドの話をすると、西洋では
よくある話なので取りたてて異常なケースではない、と言う。
ただし、過去においては、透視とか未来予知とか、今日、明日に結果の見えない異次元な分
野は、極少数の人々を除いて一般大衆には忌み嫌われていた。
過去に奇跡を予言し、自ら実証したジャンヌ・ダルクや、日蝕や月蝕はもちろん、数々の自
然災害を予知して多くの人々を救ったマギー・ワードのような特異な人々もいた。
しかし、超越的存在やパワー等を恐れる権力者や大衆の群集心理に煽《あお》られ、悪魔の憑依《ひょうい》者と
されたり、魔女裁判にかけられたりと、その多くの場合は悲劇的な結末を迎えている。従って、
特異な能力を持ち、人々に何らかの貢献ができそうだと自覚した人々も、自分達の現視しか信
じられない多数意見が支配していた過去には、闇に沈み、マイナーにならざるを得なかったの
だ。
京介は、無理を押して詳しく話してもらった。英語ではパースペクティブと呼んでいるが、直
訳すると〝遠近画法〟のようなもの、となっており、ルネッサンス期のフィレンツェで生まれ
た頃の〝透視法〟というものを的確に表現する現代語はないらしい。

基本的には視点をはっきりと設定して、そこから幾何学的な倫理展開をする事で、立体を断面的に捉えてゆくという考えのようである。ルネッサンス初期、遺跡の片々を凝視し、元の構造物を具体的に描くことのできる異能の持ち主も存在した。その才能を悪魔視せず、学問的に立ち上げていったフィレンツェの人々には敬服する、とも言った。詰まるところ、透視図法とは、テクニカルとメンタルの融合する次元の世界、と穂坂は言う。

「お前は何も悩む事はないよ！　むしろ人より優れている能力を自負すべきだ。過去を既視感覚ではなく透視できるなんて、すばらしいじゃないか。今、特にヨーロッパの精神学会では、或る事物を変化させる、いわゆる超能力的なものには懐疑的であるが、頭脳の特殊な部分が突出して秀れている人間の存在を見直そう、というニューウェーブが起きているんだ。近未来的次元で驚くべき研究成果が発表されるのではないか、と噂されているぐらいだから、お前にも研究対象の依頼がくるかも知れないぞ」

と、40年の歳月を超えて熱い友情が溢れるような言葉を最後に席を立った。

食事も忘れて部屋に戻った京介の心は、言葉では言い表せないほどの不思議な安堵感に満ちており、酔いも相乗して、思いっきり手足を広げてベッドに横たわった。

引き込まれるように、睡魔に襲われた。

50センチ四方くらいの木箱に幾重にもクッション材が詰められ、ハドソン社から厳重に梱包されたミニ・レボルバーは、外交嚢《のう》として郵便船〝ウォルコット号〟によって横浜港に運ばれている。

あの懐かしい横浜馬車道を郵便馬車が走っている。

更に、公用ルートを辿って東京、福島、仙台を経て京介の故郷、盛岡に再び送り返されていた。

実家の奥の間も6歳の時、そのままの状態で見えている。

しかし、それ以上の展開は意識と無意識の世界が葛藤して断裂するのである。

半覚醒の状態で思念を集中させようとすると、ブラックホールのような重圧に押し潰された。

京介の夢想の世界は、間違いなく歴史の辿る足跡にインベードしている。従って、地球の反対側にまで脳視線を飛ばすことは、やはり無理のようであった。

第7章　初恋

岩手県の東海岸の近くに、現在では久慈市に編入されている大川目というところがあり、古くから琥珀の産地として知られている。

少なくとも京介が社会人になってから、一度も全国紙のトップを賑わしたことのない静かな僻村《へきそん》であるが、一躍世界にその名を知られることになった。

幼稚園児を連れて近所のお母さんが散歩をしていたところ、何かにつまずいて転んだ園児を助け起こして足元を見たら、奇妙な色合いの大人の握りこぶし程度の石が土中から顔を出していた、というのが発端であった。

甲虫の生きた姿そのままに閉じ込められた世界最大級の原石の発見であった。

かつて〝ジュラシック・パーク〟という映画が話題になったことがある。新しい種の歴史が開幕するかも知れない、というニュースがあっという間に世界中を席捲した。

京介の社でも若手社員を教育する絶好の機会であるということで、二名の新入社員を連れて、京介にとっては遊山的な楽な出張をした。

5センチメートル位の甲虫が一匹と幼虫が二匹、白い卵が数個、完全な形態で封じ込められた、20センチメートル位の透明な茶褐色をした、目を見張るほどの見事な琥珀の原石であった。地理、地質学者や生物学者といった専門家や発掘に携わった関係者、地元古老といった人々への取材を、若手社員が汗をかきながら訥々《とつとつ》とこなしている。京介は時折、助言しながら自分の新入社員時代を思い出して苦笑しつつ、危なっかしそうに眺めていた。外国からも大勢、専門家も交えた取材陣が来ていたが、感嘆と驚愕の声が頻《しき》りであった。

どうにか無事、取材を終えた若手社員に早速帰社して直ぐに原稿をまとめるように指示し、折角ここまで来ているのだから懐かしさを訪ねてみようと、京介は半日のエスケープをすることにした。

三陸海岸の波音が、ゆるやかな秩序をもって耳に心地好く響き、郷愁を誘う。

船宿と民宿を兼ねたような素朴な宿の佇《たたず》まいも気に入っていた。

大きな囲炉裏が切ってあって、商売用の魚も焼くという、赤々と燃えた炭火を囲んでの夕餉も懐かしく、漁師もやっているという宿の主人にすすめられて、つい地酒を飲みすぎてベッドに入った。

久しぶりの波の音が京介の郷愁を強引に幻想の世界に誘引したようであった。

見たこともない荒涼とした原野である。

懐かしいようなデジャブー的風景でもある。

転変として、取り止めがない情景が展開していく。

幼い頃の自分が稚拙なマインドワールドを弄《もてあそ》んでいる。

見覚えのある木造2階建の小学校の門柱も見える。

突然、セピア色の少年雑誌がズームアップした。

1930年、壇一夫「夕日と拳銃」と読める。

小柄ながら精悍《せいかん》な顔つきをした伊達順之助が、中国服を着て馬上にまたがっている。

彼が、日本を脱籍して中国人となった新聞記事もそばに置かれている。

その新聞写真には、満州国軍安東地区司令部将官、中将の肩章を付けている姿が載っていた。

《愛国心に凝り、王道楽土を揚げ、理想に炎のように燃えた、激しい気性の青年の究極の選択肢》と「夕日と拳銃」のサブタイトルが躍っている。

真冬の中国大陸。

馬上の孤影。

余りに純粋で一途に未来を急ぎ過ぎた為、内外に数多くの敵をつくっている様子が手に取るように見えている。

有為転変のめまぐるしいシーンが次々と展開して、急に場面がスローした。

大孤山戦での彼の聖戦論が多くの誤解と裏切りを生み、捕らわれの身となっていた。

奉天監獄で処刑が決まった前後の情景からフォーカスが朧ろになっていったように感じ出した途端、場面が変わって雲のような薄靄《うすもや》の中に、それだけが鮮明な輪郭を帯びて飛び出てきた。

大型トランクほどの頑丈に梱包された木箱が、〝日本国政府外交用〟と前後左右上下と全面に焼印が押されて巡洋艦で海を渡っている。

そして、その〝物〟が運ばれた日本の地は、懐かしい思いがあったのも当然、京介の生まれ故郷、盛岡であった。

梱包の中を覗いてみると、書類等は殆どなく、多数の現地新聞に交じって伊達愛用のFNブローニング・M1800・セミオート拳銃と、不思議なことにあのミニ・レボルバーが桐箱に納まって固く封印され、羽島受政氏親展、と達筆に墨書されていた。

そして、その背後に、ミニ・レボルバーを握った、またしても女性の影が見えたような気がした。

しかし、今の京介には、それ以上の脳視は溜め息の出るような限界感があった。

翌朝は欲求不満的な脱力感が残って、社に直帰する気にもならず、いい加減な電話をおもむろに入れて理由づけをしてから、鮫町という駅で下車した。地名からも分かるように漁港である。近くに蕪島という天然記念物のウミネコの群生地がある。夥《おびただ》しく飛び交い、英名のシー・ガルという発音からも想像できる耳を覆いたくなるほどの姦《かしま》しい鳴声に奇妙な懐かしさを覚えながら、自然界の力強さと不思議さにしばらく見惚れていた。

ふと、この駅は八戸線であった事を思い出し、そう言えば、旧満鉄の副総裁をやって辣腕《らつわん》を振るった秋月省三の孫が京介と小学校の同級生であり、八戸市役所に勤めていたはずだ、と記憶を辿りながら足を運んだ。

たとえ退職していたとしても、その後の所在ぐらいは摑まえられるかも知れないと立ち寄ったところ、数十年は勤務しているかと思われる窓口の老嬢が幸い彼のことを覚えていてはくれたが、彼に会うことはできなかった。数年前に亡くなったのだという。

「一度《いちど》、母ちゃんが来た事があるけど」

と、思いがけないイントネーションを耳にした途端、強烈な目眩を覚えて受付の前にあるソファーに倒れるように座り込んだ。心配して何かを話し掛けている彼女の口元が、フォーカスを絞るように小さくなっていく。聞こえてくるのは彼女の声ではなく、遠くの方で聞き慣れた声がするのに夢中で耳を澄ましていた。

脳視ではない、記憶と幻視が詩を朗読でもするように幻影となって頭の中をよぎっている。

秋月省三には二人の娘がおり、姉娘は江梨子といって、京介が再会できなかった同級生の母である。父省三の部下であった夫と婿養子の形で結婚し、宏大な家敷に二世代同居していた。

しかし、彼女が、いつの頃なのか、京介の同級生を実家に残して満州に渡っていた。彼女は男勝りの女性で、子供の頃から普通家庭の婦女子が習うような華道とか茶道とかには見向きもせず、いろいろな武道や護身術を習っていた。

「うちの母は強いよ」と本気とも冗談ともとれる言い方で笑っている同級生の顔が朧《おぼろ》である。

しかし、幼い京介にとっては、映画女優にも見紛《まご》うような憧れの麗人であり、初恋の感情にも似た想い出の女性である。

その彼女、秋月江梨子が広大な満州の地にスラリとした長身をさらして立っていた。ビール壜やウイスキーのボトルを的に拳銃の練習をしている。それも大型の拳銃ではなく、脇から見れば手の中から弾丸が発射されたように見えるほど小型の銃で練習していたが、殆ど的を外すことなく、相当な熟練度であった。京介は、閉じた瞼の下で驚愕の目を見張った。

その拳銃に向かって、強引に思念が吸い寄せられる。


しかし、透視が焦点を合わせる直前、突然第三者的別のパワーが侵入してきて意識を現実に引き戻された。

受付の老嬢が、不安げな表情で顔を覗き込んでいたが、いつもの軽い貧血だと言い慣れた理由とお礼を告げ、市役所を後にした。

八戸駅から東北本線で盛岡に出て、新幹線に乗り換え、ぼんやりと車窓を眺めながら、缶ビールを飲んでいた。

三十数年の歳月が時を超える。京介の故郷は勿論盛岡であるが、母は八戸の生れである。菊の里、と呼ばれた美しい八戸藩の郷士の血を引いている、と聞いたことがある。

優しい慕情のような郷愁が湧いている。と思う間もなく、再び夢想の世界に引き込まれていた。列車は盛岡を出たばかりである。

美しさを失わない秋月江梨子が、盛岡に来ている。

彼女は、京介の実家に挨拶を述べているが、家人に風呂敷包みを託してから幻のように消えていった。

寺町の土塀の白さがいつまでも消えない。

ほんの一瞬だったも知れない、缶ビールがさっきと殆ど変わらず冷たい。

しかし、鮮烈にひとつの情景が二重撮影のように頭の真芯に残っていた。

伊達順之助の胸の上で合掌された両手の下にある、心臓のど真ん中に22口径の弾丸がしっかりと埋まっているのが京介の脳裡の目にはっきりと映っていた。

伊達順之助は盛岡とは全く無縁の人物である。

或る歴史書では絞首刑にされたとも、肺炎にかかって死亡したとも書かれている。

翌日、久慈琥珀の原稿にチェックを入れ、小会議や打ち合わせを2~3終わらせた昼下がり、いつもの資料室で、京介は呆けたように佇《たたず》んでいた。秋月省三に関する記録が一切無いのである。あれほど旧満鉄で辣腕《らつわん》を振るい、内外に名を馳せた人物であったのに……。

伊達順之助に関しては、没年不詳と記されていた。

第8章　祖父・光政

京介の脳内で様々な思念が、中途半端になっていて欲求不満が昂じている。何かが背中を押したたくように責める感覚が忙《せわ》しない。

最近よく、正夢か想夢か曖昧な夢を見る。背景的な断片知識がなければ覚醒後もスライドのような記憶に残らないことに気付いていた。

幸い、世紀末ということで、いろいろ特集が組まれていて資料室通いも頻繁になっている。昼食後、思い切って溜めておいた未整理項目を山ほど抱えて、これ見よがしに資料室に入っていった。広い室内には2～3人しかおらず、京介愛用の東南コーナーは空いている。

パソコンと堆《うずたか》く積まれた資料に囲まれて、やっと心落ち着けて資料探しと思念に没入できる思いにほっとしていた。

各社から出ている20世紀に関する記録や、インターネットを探っているうちに、史実の記録と思念がいつの間にかドッキングし、脳内で具象化し始めるに連れて、コーヒーの味が分からなくなった。


１９３９年9月、ドイツのポーランド侵入を機に、大戦が勃発していた。後進資本主義国である、日・独・伊、3国と、米・仏・ソ、等の連合国との間の世界を巻き込んだ戦争、第二次世界大戦であった。


１９４５年の日本への原爆投下という劇的な史跡により、ようやく終焉をみた大戦争であったが、その開戦の直前、日本海を戦艦〝陸奥〟が南下している。

艦長室で当時としては珍しく、コニャックの１９２９年物を舌に転がしながら、リラックスしているのに背筋をピンと伸ばして物思いに耽《ふけ》っている人物がいた。

ひとつの桐箱の中を飽きることなく、息が吹きかかるのを避けるかのように見入っている。

その姿は、恰《あたか》も、昔の武士が名刀を眺めるようである。

中には海軍専用の工廠で、精緻極まる美銃に完を尽されたミニ・レボルバーが納まっており、その過去の歴史を探り、また想いを馳せ、愛しむように時を忘れていた。

彼の心安らぐ時であり、時代であった。

その直下の歴史に、やがて始まる激動の時代を予想していたのかも知れない。

背中が無性に懐かしい。

羽島京介の祖父、光政であった。

感動の情景に身震いするほどであり、脳裡にしっかりと焼き付けようと、心の目は凝視していた。

白い土塀が見えてくる。

幼い京介が、盛岡の松林でセミ取りをしている。

1945年8月、全世界を巻き込んだ大戦も幕を下ろした。

日本は、敗戦という重荷にあえぎつつ、まだ、〝死〟というものからの解放という安堵感に浸りきれないでいた。

翌、1946年5月、極東国際軍事裁判、俗に言う東京裁判が開廷して世界中からマスコミ関係者が来ている。

オーストラリアのウェッブ裁判長、アメリカのキーナン主席検事を中心とする世界で初めての国際裁判である。

つまり、勝者側が敗者側を裁くという歴史に残る裁判であった。

全く同時期にドイツでも同様のニュールンベルグ裁判が行われていた。

この二つの裁判の流れの中で、京介の目を引いたのは、検事側も弁護側も自由と正義を標榜したことである。

幼い京介の思いではなく、老境に近い今の京介の心境が脳内に反響している。

その典型が、敗戦国の軸座に何度もいながら、一片の罪も問われなかった人物がいた事で顕著に象徴されている。

あの時の戦艦〝陸奥〟の艦長であり、後に、海軍大臣、総理大臣を歴任した、京介の祖父が端座している。


手の中でコーヒーがまだ生ぬるい。記憶と知識と脳視が一瞬にバックドロップしたように湧き上がって融合した、京介のマインドワールドの新しい幕開けであった。

第9章　日本の闇

久しぶりに国会図書館に足を運んだ。館長の本田雄三は、京介の母方の従兄弟である。21世紀を目前に、今世紀はどんな世紀であったのか、博識でなる彼の学術的意見を聞いてみたくなったのである。

彼は、京介が本社に再転勤してから初めて会うのに、挨拶もそこそこに堰を切ったように語り始めた。

それ以前の1900年間と同じ位、この100年間にはいろいろな事象が詰め込まれている、と言う。

しかし、それらは必ずしも文明、文化といったものの〝進歩〟には繋がっていないような気がする。大きな過誤の回り道をしていたのかも知れない、とも言った。

歴史的に世界の中の日本を見れば、顕微鏡的に小さい史跡しかないが、それでも未だに解明されない不思議が一杯詰まっているパンドラの箱のようなものがある、と言って、一冊の分厚い黒表紙の議事録を机の上に重そうに置いた。
1947年8月、終戦後丁度2年目の衆院予算委員会で、時の蔵相、石橋湛山は次のように証言していた。

「GHQが接収した、旧日本軍の物資について、昨年の11月15日に1400億円前後の物資が日本側に引き渡されたことになっている。これは、旧日本軍が民間から徴収した物も含めて、終戦時、保有していたものを司令部が差し押さえていた、その殆どであると思料される。しかし、現金や貴金属から証券類等、諸物資の数千種にわたる詳細なリストがなく、何が、どのように引き渡されたのかはGHQは明らかにしておらず、全ての確認はできていない。但、一部内務省を経たものについては判明しているが、100億円規模であり、残り1300億円前後、及び未返還物資の詳細は調査中である」と述べている。

現在の貨幣換算でみると、引き渡された未調査分だけでも、軽く3兆円を超える額である。現在の国会ならば、責任者たる答弁としては大問題になるところであるが、戦後の混乱期で、しかも、占領軍GHQの関与していることでもあり、それ以上の追求や調査等できるはずもなかったのであろうか?

しかし、その辺りからGHQというブラックボックスが誕生し、更に深奥化して、その後、昭和25年、27年と再々度国会で取り上げられた記録があるが、曖昧の中に追求側の手が緩められている。

珍しく抹茶に和菓子、というティーブレイクを入れてくれて、館長の本田雄三は、「我々の住んでいる日本国は、古の昔から神国等と言われて神聖化されている面があるが、それが遺伝的に習い性となっているのか、不思議が何の疑問も持たれず、また、非公然が公然と罷《まか》り通る現実が当たり前のようになっている気がする。更に、戦後、騒然とした不良情報ストームが吹き荒れた時も、ごく一部の人々を除いて無視し過ぎた故の後遺症なのだろうか？　例えば、有名なフリーメーソンに関する公然たる秘密性は群を抜いているし、イルミナティに関するジャンク情報は不死鳥のようでもある。また、ＴＣＣトライラティラル・コミッションなる存在等は、正に公然たる非公然である。つまり、米・欧・日の三極秘密会議であるが、そのメンバーは錚々たる顔ぶれで公然と知られている」

「京介の社でも一度、日本の公然たる非公然に関する特集でも組んでみたらどうだ？」と20世紀の考察を締め括ってくれた。

帰社して本田雄三の話をまとめていると、外報部長が、コーヒーの入った紙コップを両手に持ちながら京介の前に立った。

「例の台湾マフィアと台湾マネーの特集は進んでいるかい？」

と人なつっこい笑顔を向けてきた。社内で京介とウマの合う数少ない同僚の一人であり、彼の得意な時の常套アクションである。

京介は正直に、余りに不透明が凄過ぎて一寸ペンディングにしている、と状況を話して、何かいい情報があったら助けて欲しいと弱音を吐く。

彼は何かいいネタを仕入れた時、京介に弱音を吐かせてから教える、というイタズラ心を持っている。今日もまた、何かありそうだな、と感じた京介の先手であった。

実は、一年ほど前から関西を中心に、台湾マネーと密かに呼称されている国際的な陰謀の匂いのするアンダーグラウンドの事件が頻発している。その裏に台湾マフィアの影もちらつきながら巨大化しつつ北上し、既に何人かの命も犠牲になっている、との東京支社トップ情報に端を発したものであった。

過去にも陰謀的な虚報や、巨大な妄想的誇張話が、欲に目の眩《くら》んだ連中への撒餌《まきえ》のように出没している。

例えば、M資金とかユダヤマネー、AFダラー、香港マネーやモルガンマネー、ナイジェリアロンダリング等々、全て巨額な資金にまつわる危険な匂いのする話である。どんなに被害者や犠牲者が報じられても、形を変えて蘇ってくるし、新たな事件も発生している。

その流れの延長線上とでも見られ、しかも、一国の経済も揺《ゆる》がしかねないブラックマーケットが密かに囁かれているのは、台湾マネーである。国際的にシンジケートが存在しているようで巨万の富を得た話がある一方、一流上場企業を倒産させた話も漏れ伝わっている。

京介の社に、多数の情報や掲載依頼が寄せられ、特集が組めるかどうか、社長からの特命調査を続けている最中である。

外報部長は帝国ホテルの〝吉兆〟を奢《おご》ってくれたら面白い話を聞かせてやるよ、と大仰にウインクして立った。

京介はいつもの週末、好きな横浜のホテル「ザ・グランドインターコンチネンタル」の31階の中華レストランにいた。

昨日の本田の話に出た数々の日本の不思議議にも、世紀末だと騒ぎ立てている怪しげな宗教団体にも、Y2Kといった危機意識にも一切精神的に背を向けて何も考えず、30度という瓶入りの老酒をロックで、頃合いに解けかかったところを一気に喉で味わいながら、静かに横浜港の暮景を眺めていた。

一艘の船が滑るようにライトを点滅させながら、水平線の闇の中へ消えていった。

第10章　そして台湾へ

突然、マナーモードにしていた京介の携帯電話が痙攣《けいれん》のような震動を伝えてきた。席を立ってエレベーターホールに出て、応答すると、久し振りに聞く妹の声であった。

家に電話を入れて京介の携帯電話の番号を聞いた話を大急ぎで話した後、狂乱したような声で叫んだ。

「主人が死んだの。主人が死んだの」

とにかく落ち着かせて要領を話させると、変死であると言う。

それも、台湾で死後2日くらいしてから見つかったらしい、と駐在事務所にいる夫の同僚から連絡があったとのこと。

「どうしたらいいの」

「とにかく助けて」

という泣き声を制して、取り敢えず鎌倉にある妹の家に飛ぶことにして電話を切った。家内に少々の事情説明をして、台湾に飛ぶ準備を頼んでから、寸時、頭の中を落ち着かせた。

まず、一息つかなければ、と再びレストランの自分のテーブルに戻り、半分氷の融けかかって薄くなった老酒を水代わりに喉に流し込みながら、つい先達手《せんだって》から、台湾に係わっているのが因縁のように思われた。

と同時に、いつもの楽しみが奪われた事の残念さが、妹の悲しみより先に京介の念頭に現れたことに何か不謹慎さを感じ、吹っ切るように席を立ってレジに向かった。

親類（といっても事情があって、ほんの数人）、知人、隣人、会社関係の多数の人達のざわめきと騒然とした鎌倉の家で、妹から概略を聞いた。

出張理由を尋ねると、

「兄さんも知っている通り、主人は航空関係でも港湾関係でも特殊フレイトが主だったから、月の半分くらいは海外に出張していたわ。でも、守秘が売り物だからって、出張先は教えられても、出張理由なんて一度たりとも聞かされたことはないわよ！」

と、泣き声が大きくなった。

「今回の出張先はどこだと言っていた？」

と京介が訪ねると、

「いつもの〝王先生〟に会ってくると言っただけで、台湾へ行くつもりだったのか香港へ行くつもりだったのか聞いていなかったの。まして、澎湖列島《ぼうこれっとう》の海岸なんて、全く知らなかった」

と激しく頭を振った。

京介は初めて義弟の亡くなった場所が、台湾の澎湖列島《ぼうこれっとう》であることを知った。

その後、会社関係の人達から、右手に拳銃を持っていた客観的状況から、現地警察は自殺と決めつけているらしいと知った。

拳銃を始めとして所持品一切は警察署に保管されていること、亡くなった時刻は3日前の深夜であること、発見者は匿名の電話を警察にかけていたこと、等も聞かされた。

この事実だけなら、事業に失敗したとか、厭世とか、麻薬がらみとか、海外の事件としてよくありがちな決着をされるかも知れないな、と京介は感じた。現に、地元のマスコミの取り上げ方も小さな扱いであったらしい。

何はさて置き、台湾に飛んでみないことには状況が摑めない為、社に電話を入れたところ、幸いにも例の外報部長のチームが特集の為、徹夜取組みをしていた。

ざっくばらんに困惑の現状を話したところ、意外に興味を示して、

「台湾マネーがらみとして、取材出張の許可を社長から取り付けておくから、社用も含めて堂々と行ってこい」

と、友情が熱く伝わってくるような返答があった。

取るものも取り敢えず妹を急がせて、成田から会社関係者数名と共に機中の人となった。義弟の無念さのようなものが何か喉の奥に引っ掛かっており、脳の芯を揺さぶって、意識や思念を頭の中で整理しようとする気力さえ萎《な》える思いであった。

隣の席では、妹が俯いて涙を流し続けている。

今は、どんな言葉を掛けても慰めにはならないだろうと、ただ傍視しながら飛行機の震動に身を委ねるだけであった。

東シナ海を飛んでいる頃である。

機長が、何かアナウンスをしているような声が遠くで聞こえている。

いつの間にか、目を閉じていた京介の瞼の裏に、映像が流れていた。

長い海岸線の砂浜に、義弟が拳銃を右手に持ち、弾丸が喉を貫通して、首の真後ろに開いた穴から夥しい血が噴出した跡がこびり付いたまま、横たわっていた。

右手の拳銃は、幾度となく現視でも、脳視でも見慣れているあのミニ・レボルバーであった。

左手の拳に握り締めている物も、京介の脳視がはっきりと捉えている。貸金庫の鍵のようである。

刻印された文字を見た途端に疑念と驚愕とで思念が固まってしまった。

そこには〝台湾銀行〟と記されていた。


誰かが、自分の右腕を掴んで揺り動かしている、と朧《おぼ》ろな感触がした瞬間、覚醒した。

妹が遺体の事や、その後の事など、くどくどと話し掛けてくる。煩わしく思っていても、どうにか相談らしい受け応えをしてやらなければならなかった。

子供もつくらず、事情があって夫の係累関係とも一線を画している妹は、普段は風のように飄々《ひょうひょう》としているが、何か事が起きると、必ず京介に頼るのが常であった。だからこそ、久し振りに妹の声を電話で聞いた時、心の中を一瞬ながら緊張と不安がよぎったのも事実であった。

第11章　ミステリアスなワールド

台湾で京介達のやるべきことは山ほどあったが、会社関係の人達に加えて、台湾現地の知人の助力は、まさに天佑か神助と呼びたいくらいであった。

実にいろいろな手を、早く言えば、抜け道や裏道を考え、手を尽くしてくれたお陰で、義弟の死後処理に係わる殆どの難問が、驚くほど迅速に処理することができたのである。

また、数カ月後のことになるが、あのミニ・レボルバーが、銃口にこそ鉛が充塡《じゅうてん》されてはいたが、骨董美術品として京介の手許に届けられた時には、流石《さすが》に巨大な隠然《いんぜん》たる華僑のワールドパワーと驚くと共に、鳥肌の立つ思いであった。

それは後日談であるが、日本帰国の前夜、ホテルの個室に備え付けのルームバーからバランタインのミニボトルを取り出し、ロックで氷と一緒に口に含みながら、今回の事件の不可解さに、思考が麻痺するような精神状態になっていた。

だいたい、相応の年代の人々やマスコミ関係者なら常識ではあるが、〝台湾銀行〟なるものは現存していない遺物なのである。

日本統治下の台湾における中央銀行であって、1899年の開業以来、台湾の支配、日本の内地資本の導入、中国への資本輸出、そして軍費調達等に大きな役割を演じたが、1945年、第二次世界大戦の終結と共に閉鎖した幻の銀行ということになっている。

しかし、それは表面的な意義付けであり、内実は遅れてしまった資本主義国から、西欧に追い付き追い越そうとした、一部の頂点に立つ、政治家や軍部の唾棄《だき》したくなるような〝政具であった〟とも言われている。

雑読人の端者連《はしくれ》として、京介の脳細胞は不可思議に揺れ動き、のめり込みそうになる焦燥感が嘔吐感のように押し寄せてきて、とても帰国まで台湾銀行の謎を持ちこたえる自信がなくなり、ロビーに降りてホテル備え付けのビジネスルームから社に問い合わせてみた。日本時間でも、午前0時は回っていない時間である。

幸い、京介のチームパートナーが居残っていて、左程《さほど》の時間も要さずに、要領を得たブリーフィングが返ってきた。

客観的な的確な内容ではあったが、台湾銀行以外の義弟の死にまつわる京介の心中にある謎や疑問を解く鍵を、益々増やしたような思いであった。

何度も取材や何かで訪台しているのに、台湾という地は表面と内面のギャップがあまりにも大き過ぎ、また、未知の部分が多過ぎる、まさにミステリアスな地のようである。

日清戦争の結果、1895年、日本領となり、1945年、日本の敗戦により中国に復帰、1949年、蒋介石政権がここに移り、現在の歴史に続いていることは周知の史跡である。

蒋介石自身も夫人の宋美齢も、共に或る時期を日本で過していることも京介は知っている。

しかし、資料に目を通していくに連れて、益々不可解が広がっていく。少なくとも観光や数回の訪台で触れる、グルメ、景観、ショッピングだけの楽園ではない。

ホテルの天井に目を据えて一時、心を空白にしていると、京介の大好きな〝林巧〟という作家のことが頭の中に浮かんできた。彼は、京介にとって親族とか兄弟とかとも違う、同族とでも呼びたいような波長を感ずる本を書くのである。

その彼の著書の中に『世界の涯ての弓』という名著があるが、その中で〝坡（ポ）〟というキーワードが重要な意味を持って出てくる。或る世界と或る世界を繋ぐ異空間か異存在のようなディメンションで、無論、人の目に触れるような具体的な、或いは物理的なかけらもないのに、精神的に超えられない者にはどんなにあがいても超えられない、ミステリアスな結界のようなものであろうか？

京介がたまたま台湾に出張していた時、こんな情景に出会ったことがあった。

台北の比較的大きな料理店で、台湾人の友人と話が弾んで深夜に及ぼうとした頃、突然、店の一番奥のテーブルにいた中年の男性2～3人が大声で言い争いを始め、やがて同席していた5～6人の連中も入り乱れて、椅子やらテーブルやら飛び交っての大乱闘になってしまった。女子供や、他の客達は悲鳴を上げながら店外に逃げ出し、まるで西部劇のワンシーンを見ているようであった。

そのうち、店の調理場に人を蹴散らすように入っていった若者が、大きな包丁を持って戻ってくると、従業員や客も入り混じっての大刃傷沙汰となり、店内は血しぶきにまみれ、これ以上壊れようがないくらい壊滅的な状態になり、一刻の後は血だらけの怪我人か物体か分からないような残骸が異様な雰囲気で散乱していた。

通りに面したガラスや大扉はメチャメチャに壊れ、警官は勿論、大勢の野次馬が集まって来たが、不思議な静寂が漂い、救急車が来る様子も特になく、そして友人は平然と座ったまま私のグラスに酒をついでいた。

尤《もっと》も、店内の外れに近い死角的な席ではあったが、京介は半分腰を浮かしながら気が気ではなかった。

友人は何故に逃げようと言わなかったのか、今思うと不思議で仕方が無かったが、間違いなく確かに無事であった。しかし、それからが台湾の〝坡〟の不思議である。

翌日、日本に帰国する時間が来て、ホテルからタクシーに乗ってその店の前を通り掛かったのは、昨夜の事件から10時間も経っていない午前9時頃、驚愕に腰を抜かしそうになって思わず車を止め、その店の前に歩み寄った。

休業して、警察や何やかの検証や調査等やっていることだろうと思われたその店は、遅い朝粥の客で、大通り迄聞こえてくるほどざわめいており、キズひとつない一枚ガラスがきれいに嵌め込まれ、大扉は店名も書かれた新品に取り替えられて、その前には、昨夜とは別のボーイが何事もなかったような顔をして立っていた。

店内を覗いてみると、白いテーブルクロスの掛けられた卓が騒然と並べられた上で、湯気の立ち上る食皿や人々の話し声が飛び交っている。勿論、血糊等ひとつとして無く、ずたずたに引き裂かれたはずの掛け軸は別の新品になっていた。店を間違えたのではないか？ と何度も看板を見、隣店を見ても間違いはなかった。

驚きに震える指で友人に電話をしてその事実を告げたところ、笑いながら、

「次また台湾に来られたら、その店に行きましょう」

と事もなげな答えが返ってきたのである。

まさしく、〝妓〟の国であった。その友人に、今回もまた大変な助力を貰っていた。

チームパートナーからのＦＡＸを見ながら、いろいろ考えたり思い出したりしているが、先に進むきっかけが摑《つか》めず気が重い。

時折、自分のマインドと直接対話できるようになっていたはずなのに、今は全く自由にならない。

一方では、見えるべきものが無視され、見られたくて声を上げている。そんな気がするのにどうすることもできない自分に苛立っている。

巨大なマインドシェルターが幾重にも立ち塞がっているようでもあり、鉛のように思考に重さが感じられるようでもあった。

第12章　ファウスト

本社の情報では、台湾の前総統で現在の世界的位置付けを確立した、〝李登輝〟は、日本の京都大学で農業経済を学び、故国で基礎実践に移した学者政治家であるという。

そして、現在の根源的政策の底流は、李登輝が学んだ西田哲学の主思想と言われた「時場の論理」であるらしい。

台湾という特殊な存在の地では、民族グループに関係なく、台湾に来た時期が早いか遅いかにも係わらず、全ての人々がこの土地にアイデンティティーを持ち、生命共同体であるという理念を持って国家の建設に一致団結する、というものである。

そのような資料の中で、ふたつの歴史的事実が京介の感性を極めて刺激した。

ひとつは日本統治時代、東京大学を卒業後、台湾総督府土木課に勤めていた〝八田與一〟という技術者のことである。農業振興を図るため、約20万町歩にわたる土地を灌漑したダムの建設に指揮をとり、嘉南平野に万里の長城の6倍の長さの水路を張り巡らし、台湾の多作化に大貢献しながら、第一次大戦中、杳《よう》として行方不明となった歴史の事実である。

「多分戦死したと思われる」との総督府の発表に、八田夫人は、夫與一の造ったダムに、虚報の戦勝報道に沸く大衆人環視の中、黒無地に五つ紋の盛装で大揚羽蝶のように身を翻した。遺書は憤怒と悔しさに満ちていた、というが闇に葬られている。

しかし、八田與一こそが自分の全く預り知らぬ所で、しかも責任の取りようもない世界で、〝国のエゴイズム〟と〝近代日本創建〟という大義名分のために、虫螻《むしけら》のように切り捨てられた悲憤慷慨《ひふんこうがい》すべき犠牲者であった事が分かったのは、京介思念世界のもう少し後の昇華を待たなければならなかった。

もうひとつの関心事は、航空貨物用のコンテナーは、軽くて丈夫が必須のアイテムであるが、世界的に何故か労賃が高く、遠い英国で造られている、という歴史的事実である。

台湾国内でも、何度か論議が展開されてきたようであるが、複雑な流通機構が存在していて、その後の進展が曖昧なままになっているらしい。

航空貨物業や港湾貨物業、コンテナー関連業等、いわゆる〝フレイト〟は国際的シンジケートが絶対不可欠であり、畢竟《ひっきょう》、華僑のネットワークと経済力が必須になる。

そのようなシンジケートの頂点に立っているのが、現在では台湾在住の〝王永慶〟である。

彼の資産は100億ドルとも300億ドルとも言われているが、他の華僑と違い、極めてストイックで一年中同じスーツである、といった有名なエピソードがある。

その理由として、いろいろ憶測される中で、彼は〝血〟の問題として貧困を知っているからだ、というのが当を得ているらしい。

この二人が、どうしてか京介の脳裏にはさまったように消え残っている。

1996年3月、李登輝の総統就任式には京介も取材に行き、ベートーベンの第九交響曲を高らかに聞いている。

その彼が、専門家でも難解と言われているゲーテの〝ファウスト〟を完璧に翻訳しているのである。

神に叛《そむ》き悪魔メフィストフェレスに魂を売り、その代償としてこの世の享楽の限りを尽くすが、悪魔との契約期限切れと共に死んだ、という伝説のドラマである。

ただ彼の訳では、ファウストは享楽に溺れる一方で、知識と行動への限りない意欲をもって世界を遍歴し、理想の国土の建設を目指していた、ということで死後の魂は悪魔のものにはならず天国に昇った事になっている。

李登輝は畢生《ひっせい》の大作として翻訳したようである。いや翻案した、と言った方がふさわしいかも知れない。日本の首相にできる業であろうか?

それにしても京介には、どこかが、何かが引っ掛かっている。

京介のマインドワールドは〝時場の論理〟等という大仰なものではないけれど、或る歴史の足跡に触発されているらしいことは自覚している。それならば、義弟の死に関して時場に触れたはずだから何か見えるか想念されてくるはずなのに、強硬なサイキカルアクションがずっと立ちはだかっているようだ。

自分では計り知れない、得体の知れない大きな無気味な存在を感じるようである。

第13章　素敵な老嬢

成田に戻った京介は、出迎えに来ていた姪に妹を委せて、取り敢えず社に帰った。

社長に大まかな報告と妹の件での謝意を表し、加えて今後の取材継続の本許可を貰って部屋に戻ってみると、机の上はＦＡＸやらメモやらで乱雑を極め、パソコンはメールで盛りだくさんであった。

目を通すよりも先に、今回の出張で、特に京介の都合のみで一方的にいろいろなヘルプを得た同僚やチームメイトにちょっとした手土産を渡しながら礼を述べて、やっと自席の椅子に腰を下ろした。

熱いコーヒーで一息入れながらメールに目を通していると、精神的には普通のいつものビジネス感覚に戻りつつあるのに眼中には全くメールの文字が入ってこない。現視の意識体は文字を据えているのに、脳視の画面には、得体の知れない無数に張り巡らされた、見えるはずのない透明な線がうっすらと浮び上がり、水母《くらげ》のようにゆらゆらと揺れ動きながら、過去に見た蝶の乱舞のように何かがデモンストレートしている。或る線は時間軸を模し、或る線は空間を結ぶ異次元結界を想わせる。それらの点と線は秩序も法則もなく全く統一性を欠きながら、あちこちに何かをイメージさせて、一見、無方向に伸びたり、縮んだりしているが、明らかに何かを起点とする幻の地図様のものを彷彿《ほうふつ》とさせる。

そして、遠い光点が小さく灯って、一瞬にして奥行きを持ち、立体的に立ち上がったと思った瞬間、脳内のパソコンの画面がプツリと遮断して、意識と現視が元に戻り、メールの文字がハッキリと目に入ってきた。

しかし、京介の内心に何かが思い出せない記憶の残滓《ざんし》を置き忘れている。しかも、それは奇妙な懐かしさも喚起させるし、或る脆《もろ》さも感じさせる。

デジャブー（既視感）とか、幼児体験を想起させる遠い昔のことが、急《せ》き立てるように何故か思い出される。

回帰思念が思い出されないと、次のシーンは隠封されてしまうかも知れない、といった脅迫観念にも似た感覚もどこかに湧いてきている。

形而下の具象とサイコロジカルな現象は、どこかで同時的に遡《さかのぼ》ることができるのだろうか？と思われるのも今は、帰国したばかりの、そして、帰社したばかりのオフィスで周りには大勢の社員が忙しそうに立ち働いている。やらなければならない仕事は山積みしている。それなのに、京介のインナーマインドが強引にあらぬ方向に思念を誘引する。

源平期の白拍子や、平安時代の傀儡師の血を引いているわけでもあるまい、と思われるが、思考が完全に〝まやかし〟の世界に嵌《はま》っている。

京介の祖父は、遊び人ではなかったが粋人であり、家には四六時中、花柳界や芸人達が出入りしていた。京介はそれがどこの家でも普通であり、常識的なことに思って育った。

また、大勢の人々が出入りするということは、或る隙間、人々の眼からそれた無視の空間が必ずどこかに存在する、ということを知っていて、人との付き合いが苦手な京介にとっては誠に好都合であった。

しかも、出入りの芸者衆や芸人達に関しては、超一流の人々であったようで、彼等が持ち込んで来た食べる物や、見る物、遊ぶ物、聞く物、そういった物の珍奇さは生半可ではなかった。

成人して、そのような席を自分の算段で持ってみて、初めて凄い環境だったんだな、と痛感したものであった。

幼な心に正月なら〝高砂〟、五月なら〝菖蒲湯衣〟、六月なら〝越後獅子〟といった三味線や鼓、或いは送り甚句等を、今でいうBGMみたいな雰囲気で耳に入れながら育った気がする。京介が大学に入る頃まで、家のどこかには必ず江戸か明治が残っていた。

血統的にも環境的にも精神構造が、次元を飛び越えることができるように醸成されていたのかも知れない。或いは、本当に傀儡師《くぐつし》のような怪しや妖しの血を引いているのかも知れない。

しかし、何故、今、思い出されるのであろう。現実に先ほど着席した時より、更に仕事の山が増えた気がする。相談や伺い等で京介の傍《かたわ》ら迄来ながら、難しそうな顔様子をしている有状を見て戻っていった社員も何人かいた。電話が鳴っているのに受話器を取りもしなかった。社員は多忙を極めている。

「あれ!」と、京介は何故か握り続けていたマウスの手を止めた。

香港支社の友人からメールが入っていた。それは、十数年来になる友人の死の知らせであった。

享年92歳であったという。

彼女は、ジェニファーと通称されていた素敵な老嬢で、初めて会った時既に80歳前後であったはずだ。

母国語は自分でも分からないというほどのマルチリンガルであり、しかも、国際感覚人であり、北京語、広東語、英語、ポルトガル語、ドイツ語、イタリア語、フランス語と、殆ど完璧に話し理解できた。

英・仏・伊・混血の父と、上海生まれでヨーロッパ留学中の日・中・混血の母との間に生まれた多国混血人であった。

文化大革命の際、混血で、しかも裕福であるという理由だけで、たまたま両親の出張中に投獄され、何年もの間、凄まじい落差の体験と苦労をした話を何度も聞かされていた。

解放後、香港に逃れ両親と劇的な対面をしたのもつかの間、交通事故に遭い、ジェニファーだけが生き残り両親を失うという、世の不幸を一身に背負ったかのような悲劇を体験してきた波瀾の女性である。

その後は、両親の何がしかの遺産で細々ながら、第三者から見ればそれなりに優雅に暮らし、鄙《ひな》びてはいてもシックなホテルを常住まいとして、幅広い交友関係を楽しんでいるようであった。

豊富な知識と異常な体験が、甚《はなは》だしく京介の興味を引き、香港に行く度に彼女と食事をしたり、そのホテルを訪ねたりしていたが、間もなく彼女は、人々と交流していることで潜在的な恐怖感を忘れようとしており、精神的にどこか追われている感覚を秘めていることに京介は気付いていた。

京介との間に深い信頼感が芽生えてきた時、初めて聞かされた彼女の体験談は滂沱《ぼうだ》の涙を誘うものであった。

牢獄の中で、一日中立って過す事を強制され、眠る事も食事は勿論、排泄もそのままの状態でやらされた。拒食や羞恥からの抵抗をすれば、頭を丸刈りにされて素裸に剥がされ、紅衛兵と名乗るだけの下卑た好色の濁眼にさらされたり、思想改造と称して〝毛語録〟を聖典の如く怒鳴り続けた男が新聞を逆さに読んでいた現実を思い出す度に、彼女はその恥辱《ちじょく》と侮蔑《ぶべつ》を昨日のことのように恐怖した。

精神に深い傷を負っていながら、表面は素敵なお婆ちゃんを演じている時に、京介と知り合い、波長がまさに同調した瞬間、彼女は堰《せき》が切れたように苦悩の重い体験を次々と語ってくれた。

それ以来、お互いに気取ることなく本心から話し合える友人になった、と京介は思っている。中国から逃れてきたという思いから、香港返還が近づくに連れて不安を抱くようになった彼女は、再びあの恐怖が蘇り、京介に出国した方がいいのか、どうしたらいいか何度も相談を持ち掛けていたことがあった。

ジェニファーほどの人脈と知性があれば、世界中どこへでも行けるだろうし、相談相手もいるだろうにと思いながらも、京介はいろいろと選択肢を列挙したが、結局は香港から出ることはせずに中国人となる道を選び、その恐怖も杞憂《きゆう》に終わったわけである。しかし彼女の心の傷は癒えることなく、記憶が奥底に沈潜していっただけのような気がする。

京介に彼女を紹介してくれた香港の友人から2～3カ月前にメールを貰い、近々どうしても彼女が会いたいと話しているから都合をつけて来港して欲しいと記されていたのを思い出した。

ジェニファーは京介を孫のように可愛がってくれて、ここ十数年クリスマスカードも欠かしたことがなく、しかも、その年一年間の思い出がぎっしりと英語で書かれた分厚い封書が常であった。

この何日間、人生的な流れで言えばほんの一瞬期に、京介にとって身近な存在を二人も失ってしまった現実に呆然としていた。

第14章　クアクデ

画面を見つめる京介の脳内で突然、香港と台湾と日本がシンクロした。

〝坡〟である。

今、我々は、金さえあれば世界中どこへでも行こうと思えば行ける。しかし、本当に移動しているのだろうか。

確かに移るということは、或る特定の所から特定の場所へと動くことではあるが、時を移ってはいないのではないだろうか。

或る所から逃避しようとする人達はたくさんいると思う。しかし、仮に移っても、今そこにいる〝時〟からは精神的に超えていないのではないだろうか。

ジェニファーはきっとこのことを悟っていたのかも知れない。だから、あれほど香港を脱出できる可能性と選択肢の巾《はば》を持っていながら脱出しなかった。京介には、時場の倫理と〝坡〟がオーバーラップして思えてきた。

妹のことでペンディングにしていた外報部長との約束の帝国ホテル〝吉兆〟での会食をしていると、さすがにワールドワイドネットワークを持っている外報部だけあって面白い話を聞かせてくれた。

かつて神戸で最大の華僑と言われた〝黄南良〟という人物がいた。開国以来、神戸には世界各国から大勢の人達が来日し、住み暮らしているが、死後は現地の埋葬が建前であった。しかし、外国人墓地には、主にキリスト教国の人達が葬られている。

その為、埋葬法の異なる中国人の為に明治時代から、〝中華義荘〟という墓地が宇治川沿いに設けられていた、という。後には、夢野に移されたらしいが、中国人は土葬習慣であった。しかし、昔の日本や諸外国における土葬方法とは全く異なっている。

埋葬して数年後、再び掘り起こして腐肉の部分を削ぎ落とし、綺麗な白骨にしてから改めて永遠の眠りに就かせるのだ。

ところが、この処理には大変な技術と金が掛かる上、霊魂に拘《かか》わる仕事でもある。金のない家では家族総出で行うこともあるが、仕来りが多く、なかなか作法が叶わず、一般的には専門家を頼む為の資金を調達する方が先決となる。

しかし、本国にいてもこの処理には大変な技術と作法と資金が必要であるのに、この異国の日本では、更に習慣の違いから〝人の嫌がる〟という感情の部分も入ってくる。

古来、日本に渡って来た中国人の多くは日本の土葬に順応し、稀に縁者で真似るようなこともしたようであるが、日本の地に渡来し永住を決意した中国人の多くのケースは、中流以上の生活をしてきた人々であり、どうしても自分達の習慣法に固執する傾向が強かった。

しかし、やってくれる人がいない。

黄南良は、目敏《めざと》く日本の激動の歴史から落ちこぼれた底辺の人々を安い賃金で雇い入れ、驚くほどの低価で日本におけるこの仕事を請け負い、今でいうチェーン店のような全国組織に迄発展させて巨万の富を築いたのである。

この仕事を《刮骨的》(クアクデ)と言うと中国系作家の陳舜臣が何かの本に書いていた、と言った。

この話を聞いた途端、台湾の李登輝前総統が瞼に浮かんだ。つまり、〝時場の倫理〟が〝時の処理〟という形で哲学されているのである。

京介の脳内では、時間という観念はあまり複雑ではない。情景が意味を持っているのである。そして思い至った。香港も台湾もそして日本も何かどこかの〝坡〟をひとつの共有圏にしているのではないだろうかと。

それにしても、陰謀的マネーがどうしてクアクデに関係があるのか、率直に疑問を口に出してみたところ、外報部長は、先ず華僑のあらゆる面での実態の凄さを知ってから取り掛からないと台湾マフィアとか台湾マネーの糸口は摑《つか》めるはずがない、と断言した。

そして、世界各国にはそれぞれの分野における頂点に立つ領袖的華僑がいてお互いに深い係わりを持って、或る情報テーブルを共有しながら世界的に華僑の互恵、互助や共存共栄を図っている、と話してくれた。

京介の義弟の不慮死も、警察が動いてくれないのならその辺から調べる方が早道かも知れないぞ、と付け加えて席を立った。

第15章　西施という女性

京介は、鎌倉中期に北条実時が創設したことで有名な金沢文庫の近くに住む中国抗州出身の〃西施〃という女性を紹介された。勿論、帰化して日本名を持っているがその業界では西施で通っている。

称名寺という小高い森があり登ってみると近くに金沢八景、東方に太平洋、南西の方向に富士山まで眺望できる絶景の地に彼女の住まいがある。瀟洒《しょうしゃ》でありながら、周囲にすっかり溶け込んだ佇まいも京介は気に入っていたが、若い頃は見事な美人で教養深さも彷彿とさせる寡黙《かもく》な女性であったことも彼女に魅き付けられた理由のひとつであった。

初めて会った時は、60歳前後と思われたが色香が馥郁《ふくいく》と漂ってくるような雰囲気を持っていた。

彼女の家系は、代々中国皇帝御用達の絡繰《からくり》細工師であったが、ラストエンペラー〝溥儀〟が清朝第21代皇帝に即位の年、争乱と城内外における貧富の極差に嫌気がさして、祖父母と彼女の父は逃れるように日本に渡って来た。

京介の脳視に今の瞬間彼女の背後を通して現在故宮となっている紫禁城の奥深くに数々の、しかも一瞥では殆ど識別不可能な不思議な細工がいろいろと施されている様子がはっきりと見えていた。

親娘三代にわたって、美術工芸品の修復と再生という分野での才能は或る世界では第一人者と言われている。

生きる為には、様々な苦労があったことも忍ばれるが、或る世界とは、真物が一片と全体図さえあれば殆ど完璧に近く原物を再生できる特殊な技術と知識を持っていた為に時には闇の世界に名前が流れることもあった、その世界である。

京介は、台湾の友人が尽力して送り返してくれたあのミニ・レボルバーを取り出し、銃口の鉛を取り除き、錆を落として、全てをリニューアルしたいと告げると、彼女は静かに耳を傾けながら、凝視する視線が凍り付いたようにその拳銃を手に固まっていたが、ほっと笑顔がこぼれて、

「期限と費用に注文さえつけられなければ喜んで御預かり致します」

と言って、それ以上は頑《かたく》なにその経緯や背景を知りたくない、といった凛乎《りんこ》とした態度を崩さなかった。京介はその雰囲気に圧倒されもしたが、絶大な信頼感が溢れ出るようであった。首を長くしながら待った数カ月後、彼女から電話が入り、子供のようにその日を待ち望んだ週末、京介は目を見張った。

歴史の途上で、いろいろ手を尽くされてきた物が、130数年振りに原型そのままに蘇り、風呂敷よりやや小さめの天鵞絨《ビロード》友禅の四つ折の上にそっと置かれて再生されていた。サザビーであったか、クリスティーズであったか忘れたが、何年か前にハドソン社が設計画を公表して、三挺製作した旨も附記して買い戻しをキャンペーンしたことを雑誌人として京介は思い出した。

銃把は全く元のまま磨き抜かれ、駆体は白漆が燻《いぶ》され、シリンダーには金メッキの上に金箔が紋様に張られている。ただひとつ、サイトは小型でしかもハンマーの陰に隠れて殆ど役に立

たないのに、1カラットはあろうかと思われるダイヤを埋め込むという職人の遊び心が施されていた。

凶器というイメージは片鱗さえ湧出させない、見事としか表現できないような芸術品である。言い値に相当な謝礼を加えて、辞退する彼女の手に無理に握らせて辞去しようとすると、

「それでは、私からのプレゼントも受け取って下さい」

と涼やかな声で四角っぽい箱の包みを手渡してくれた。

手にした途端、その持ち重りの意外さと最初に訪問した時から今の今迄、躊躇《ためら》っていた二者択一の決心が彼女の方から結論を出されたかのような緊張感とで一瞬、脳内が光った。

何はともかく、丁重に御礼を言って、横浜港の見える「MM21」のホテルに向かっていた。途中、何度も心臓の鼓動の激しさに立ち止まりながら、また、言い知れぬ心の葛藤と脳内戦争にどうにか耐え抜いて這うようにいつものホテルに辿り着いた。

緊張と予感が的中するのを恐れるように解いてみると、案に違わず22口径の弾丸である。50発入りのハドソン社特製と書かれた、多分これは西施のジョークと思われるが、金プレートの貼られた携帯用ケースに納まっていた。しかも、全品に金メッキが施された心憎い迄の心理的絡繰《からくり》である。勿論、上蓋には今、京介の掌中にしているミニ・レボルバーそのままが身型に刳《く》り貫《ぬ》かれ天鵞絨《ビロード》が内張りされてあった。

ハドソン社特製の真贋《しんがん》を思うことさえ憚られる、驚愕と感動と畏怖と不安といろいろな感情や思考がまさにカオスとなって脳内を駆け巡っている。

ただひとつ、やっと自分の物になった、という充足感は何物にも代え難く、この週末は如何なる雑音にも邪魔されたくない、という強烈な思いに捉われていた。

第16章　ハチドリ力学

京介の部下に数年振りに新入社員が配属されてきた。とびっきりの変わり人種で、東大の医学部に現役で入学しながら、3学年時に突然、啓《ひら》めくものがあって駒沢大学に佛教を学ぶべく転学編入し、卒業後2年間は世界を見たくなって放浪してきたという。

その経験を見込んで買ったのか、或いはキャリアっぽい最近の新入社員に少し食傷気味になったのか、今は何十倍とかいう就職率になっているらしい当社に入社した、と言う。

香坂伝次、という今様にも古風にも受け取れる名前の持ち主の新入社員は、半年も経たないうちに社内中にその存在が知られるようになっていた。

何しろ彼の発想の突飛さ、唐突さ、馬鹿馬鹿しさ、そういったものが生半可ではない。例えばこんな具合である。

〝火事場の馬鹿力〟と言われるように、人間いざという時になると通常考えられない力を発揮することがある。

これは一種の潜在的な超能力の典型で、それを顕在化させることができるようになれば、その人間の持つプラス能力となる。しかもその能力は全ての人間に備わっているが、科学的、論理的に解明できない側面を有しており、何らかのプッシュアップを受けているのかも知れない。

生物学的にみても例えば、ミツバチやハチドリは、力学的に身体の比重が筋肉や羽に対して極端にアンバランスで飛翔できるはずはないのに、常に火事場の馬鹿力で飛んでいる。これは、遺伝子的に飛べる、というDNAがインプットされているから飛べるのである。

従って誰でも、思い込んでみれば常識では考えられない能力を発揮できる〝可能性〟があるはずである。ただ、それ迄限界を感じたり極限に出会っていない為、その可能性を発見、或いは発揮できないでいるだけである、という香坂の仮説である。

或いは、人は死ぬ瞬間人生最高の夢を見る、という。物理的な時間としては、ほんの一瞬に過ぎないけれども、それは人生を駆けた末の彼我の境だけにその人が生存中に味わった最高の愉楽を凌駕《りょうが》する素晴らしい夢で、神様がその人に贈る人生最後の恩寵《おんちょう》である、という。

しかし、人間の欲望は止まることを知らず、遂にその生と死の境、人間と神や仏の境界域にまで触手をのばし、その瞬間だけを味わいたいと望むファウスト的思想を、医学の進歩の為という大義名分にすり替えて、現在、西欧精神医学界を中心に新世紀究極のテーマとして研究している、という香坂説である。

また或る時は、医学が進歩していくと、究極に行き着く所は心霊治療である、という。どんな時代にもその時の医学の限界があり、治療不可能が必ず出てくる。

アメリカ辺りでは、その時点で治療不可能な病気に罹《かか》った場合、生か死かの選択を迫られる手術をして余生を賭けるより、安楽死を選び、できるだけ身体に傷を付けることを避けて冷凍保存し、未来の医学に期待して蘇生を願う考え方がすでに現実化し、商業化もされているらしい。

しかし、彼の言う心霊治療とは、タイムトンネル的な異次元時空間を飛び超えることができるという、いわゆる降霊術師的存在の人があってのことである。その人が、病気の完全治療が発見されている未来の時代から専門医学者の意識体を呼び寄せて、現代の医学者に乗り移らせて治療をさせればどんな難病でも治すことができる、という香坂説である。

その他いろいろ、酒席の話題にものぼっているらしいが、京介にとっても大学の半分は後輩であり、また今時珍しいキャラクターの好青年であったし、何よりも嫌味がないのが気に入っていた。

或る時、都合があって、社の食堂で遅い昼食をとっていると、

「ご一緒しても宜しいでしょうか」

と笑顔の香坂が現代青年らしい明るさで、京介の返事も待たずに対面に食事を盛ったトレイを置いた。

京介は、食後のコーヒーをここで飲もうか、自席で飲もうかと躊躇《ためら》っていたところであったが、香坂伝次は、京介が食事を終えるのを分かっていたのかコーヒーをふたつトレイに乗せてきたのでつい相槌を打つことになったのである。

香坂は食事にかぶりつくと突然、

「部長！」

と話し掛けてきた。京介もいつしかそんな肩書きになっていた自分を思い出したほど自覚がなかったし、社内では全く自由な呼び方で姓や名は当たり前、京介世代では殆ど愛称かそれに類する呼び方が一般的であったから、久しくそんな呼ばれ方をしたことがなく少し苦笑いした。

彼は、

「当社で対応しているスタンスの中で文学と文化のジャンルの話を少ししても宜しいでしょうか」

と、不思議に気障《きざ》にも皮肉にも聞こえない清々しさで話を切り出した。

「最近、出版業界では文学や思想の世界は横文字が氾濫して聞き慣れない言葉が流行のように取り上げられているようですが、その真の意味が人々に膾炙《かいしゃ》される前に言葉自体の響きが先走っていて、本を持つ事が進取の流行のようになっているのではないでしょうか？　確かにその関連ものは当社でも相当数取り扱って、それなりの実績は上げていると思います。また、ニューフューチャーとかカルチュラルスタディズといった術語も学生や若い世代を中心に一般化しつつあるようですが、真の意味やそれらが表現する現象や実像といったものを理解しているのでしょうか？　或いは、誤解や歪《ゆが》みが皮相的に化粧された一種のダンディズムでもてはやされているだけではないのか、と少し疑問に思われるのですが」

といきなり話し出してきた。

京介が返事に窮していると、

「例えば、カルチュラルスタディズに関する本も最近の売れ筋のようですが、文字通りの訳とすれば〝文化研究〟とでも言うことになるでしょう。しかし、現実の方向は出版物を見る限り単なる文化研究等と言えるものではないと思います。我々は、文化現象的に表面に浮き上がってくる文化という上部構造を政治的、人類学的、或いは歴史的に勝手に主観的に捉え過ぎているのではないでしょうか？　カルチャーというものは決して一元的に捉えるべきものではないし、いろいろな構造を持った懐の深い歴史の通過点と見るべきものではないか、と思っていますが、これは私の偏見でしょうか?」

と主張するのである。更に、

「日本の近代文学は、国粋主義か、さもなければ無国籍になり過ぎ、無意識のナショナリズムに囚われ過ぎているように思われるのですが、部長はどのようにお考えでしょうか?」

と本心から疑問をぶつけてきた。

まさに、現在の若者文化の大勢順応的、付和雷同的現状を赤裸々に指摘しているのである。

京介は得難い人材を得た思いでゆっくりとコーヒーを飲み干した。

京介自身も心に引っ掛かっていた現代日本の文化の多重構造に対する業界の取組姿勢の率直な疑問である。我々の目前に出現する現象背後には、常に第二の現実とでも言うべき別の現実の層があって、現視とは別の文化なり歴史がそこから胚胎している場合もあるのではないか、と今でも思っている。

しかし、出版業界は選り好みはできても自己主張できないのが日本の現状である。一般的には思っていることそのまま言葉にしては表出しにくいものであるが、この新入社員は実にストレートに表現しているようでいて、高慢さは少しもなく京介の手許に少し置いてみようかと考え出していた。

「文化には目的意識があるが、歴史には目的がないからなぁ……まして出版業界がその意識に」と言い掛けた時、若い女子社員が急用を持って呼びに来た。

第17章　アカシックレコード

義弟の取り敢えず、という形での四十九日法会もどうにか終えたが、心にわだかまった不思議も悲しみも少しも鎮めることはできなかった。

今の京介、最大の宝物、ミニ・レボルバーを胸に抱けばいつものように何か茫視できないか、と目を閉じてみても巨大な外敵用の思考シェルターとでも言うべきものが立ちはだかっていて思念が弾き返される気分がしている。

そんな思いで、ふと、エレベーターの前で佇《たたず》んでいると、京介のチームで一番活発で元気のいい女子短大出たての見習い社員が、思いっきりの笑顔でFAXや手紙の束をどっさり両手で差し出してきた。

先般の異質の新入社員、香坂伝次のことを多少カリカチュアライズして、京介の受け持っている週刊誌の笑文に書いたのを忘れていたがその反響が凄いという。

いくつかの批判めいたものに混じって参考になればといったＦＡＸや手紙も多く、京介の興味をくすぐった。ひとつは例の心霊治療についてのことであった。

19世紀末から20世紀にかけて、アメリカで中学校卒業の学力と知識しかないのに催眠状態で難病の診断と治療をした男性が実在した。公的に認知されて、催眠透視という術語もつくられ、45年間も専門医と共同で治療にあたったという。

その人の名は、〝エドガー・ケーシー〟といい、１８７７年ケンタッキー州で生まれ、父は地主で判事でもあった。

或る日、突然の事故で自分自身が危篤に陥った時、夢遊状態で自分の治療方法を口走り、匙《さじ》を投げていた医者があまりの専門用語の為、疑問を持ちながらも言う通りに試してみたところ、間もなく全快したが本人は全く記憶がなかったという。

それ以来、その医者の勧めもあっていろいろと試行していくうちに、透視術に磨きが掛かっていったと言われている。

彼の治療というのは、催眠状態でなければならず、しかも自分自身が治療を行うものではなく、その病状を催眠の中で透視し、治療方法を口述させ、それを基にしかるべき専門医が実際の治療にあたるというもので、正式にフィジカル・リーディングと呼ばれて、45年もの間に１

万4264例の成功記録が現存しているらしい。香坂伝次の顔が浮かんでくるようである。

また、或るFAXには、20世紀精神医学界の天才と言われた〝ユング〟という学者は、〝集合無意識〟という学説を唱え、その中で人が普段感じたり考えたりしていることのもっと奥に深い潜在意識の層が広がっており、実はそこから噴き上がる欲求で人間の全ての行動が操られている、というのである。

従って、表面的に自分で考え、自分で行動していると思っていても、現実には深層心理に命じられて行動しているだけである、という学説である。まさにハチドリ香坂論を彷彿《ほうふつ》とさせるようだ。

また、或る手紙には、日本の宇宙エネルギー研究の第一人者で深野一幸という人がいるらしいが、この世界のあらゆる意識を記録した〝アカシックレコード〟と呼ばれる一種のデータバンクが或る次元の世界に存在しているはずである、という学説を発表しているという。

この地球上に人類が初めて誕生してからの全ての意識が記録として残されている、という発想は、どこから生まれてくるのだろうかと京介は苦笑いしながら読み込んでいた。

その他ノストラダムスとかジーン・ディクスンとかいろいろ大変面白い話が真偽不明で寄せられていたが、まさに文化も歴史もそして人類や思想も多重構造である。

京介は、世界は広くて深くてミステリアスで謎に満ちている、と思う一方、自分自身の異能という特異性を偏見的に自覚していたのが恥ずかしくなり、社の屋上にのぼって思いっきり両手を広げて青い空を吸い込んだ。

第18章　ハルビン駅で

いつもの多忙な日常であり、何十年変わらぬ仕事でありながら心ここにあらず、といった精神的に苛《いら》ついている日々が続いていた或る日、日本の超党派の国会議員団が元総理を団長として北朝鮮を訪問することになり、特用もあって週刊誌報道部に京介も同行することになった。渡りに舟と成田に飛び、共同声明の発表迄、或る程度予想された筋書き通りを報道部記者が取材する様を第三者的に眺めながら、京介なりの肌で感ずる取材をしてから社長特命用で単身北京へ飛んだ。

新僑飯店の9階のセミスイートで社からのFAXや電話メモをチェックしていると突然目が点になった。

明治の元勲、伊藤博文の暗殺事件に新説が出て、J・F・Kの何度目かの映画が上映中ということもあって、異論各論がマスコミを賑わしているという。京介の脳内の何かが共鳴した。

史実によれば、伊藤博文は明治42年（1909年）10月26日、特別列車でハルビン駅に到着した直後に安重根という男が乱射した銃弾を浴びて落命した、ということになっている。

しかし、楠木誠一郎という作家が当時のあらゆる資料を分析した結果、J・F・Kに関するその後の諸説同様、弾丸の数や弾道の角度等から一人の暗殺者では不可能であり、最低もう一人の暗殺者がいたはずである、という歴史の仮説を主張しているというのだ。

京介のいつもの癖が出た。

大至急、要旨の分かりやすい後書き解説の部分をFAX送信してくれるようメールで依頼して、興味津々たる思いで時間を数えていた。

フロントからの電話に飛び立つ勢いでFAXを手に入れて目を通してみると、予想以上の凄い発想であった。

明治31年東京、新橋駅前で或る男が拳銃を携えて、闇宰相と呼ばれていた山県有朋に襲いかかったが、ガードの固い護衛団に阻まれ傷ひとつ負わせることができないまま捕われの身になった。これは史実である。

内相、首相を歴任した後も政界に絶大な権力を誇っていた彼は、その時、咄嗟《とっさ》に或ることを思い付きその暴漢の取り調べを自分に委せるよう官憲に圧力をかけて、強引に自分の屋敷に連れていった。

しかし、ここからが楠木誠一郎という作家の躍如たるところである。

その男を山県は、徹底的に洗脳し、周到な指示のもとに射撃に磨きを掛けさせ、完璧にマインドコントロールをして凄腕の暗殺者に仕上げたというのである。

時は現代への移行期という激動の混乱期であり、このような事実もそれほど、珍しいことではなかったかも知れない。

そして問題の１９０９年、偽名のパスポートで伊藤博文一行の船に同乗して大連に向かっているその男がいた楠木説に京介の脳想が混入しだした。

満州各地を視察してハルビンに到着した直後、それまでこれほどの偶然性は考えられもしなかったとてつもない偶然が発生した。

全く同時に異方向からの拳銃が火を噴いたのである。そして逃げることもせず、昂然と胸を張って祖国開放の民族運動を主張した安重根が逮捕され銃殺された。

しかし、彼の拳銃は7連発銃であり、伊藤博文と御付武官2名は合計9発も被弾していたのであるが、何故かその事実は伏せられている。

仮説もフィクションも想像も京介の心をくすぐるに充分過ぎるくらいであった。

もうひとりの暗殺者は、誰にも見咎《とが》められることもなく群衆の中から離れ、そのまま台湾に渡り、台湾銀行の貸金庫の中に、セミオート拳銃を預け入れて日本に帰ってきたことが、実はFAXには書かれていなかったのである。

そのFAXを手に持ったままの京介の脳視であったか、想像であったのか思い起こそうとしてもどうしても記憶の残滓《ざんし》しかなかった。

〝台湾銀行〟という……。

第19章　FNブローニング・セミオート

日曜日の夕方、京介は何かの衝動に駆られるように本棚から一冊の文庫を取り出し、玄関の扉を開けた途端、冷気に身震いした。

行きつけの閑静な喫茶店〝レカン〟の一番好きな席が空いていた。

ヘルマン・ヘッセがノーベル賞を受賞した主作品「ガラス玉演戯」を数年振りに読み直してみたくなったのである。

実は、京介の社の週刊誌が〝一杯のかけ蕎麦〟的な街の隅に埋もれている心に温かい小話を特集したのが発端で、巻頭を飾った話が実話ではなく、お涙頂戴のフィクションであり、同情と寄金目当ての悪質な詐欺行為である、と囂々《ごうごう》たる非難を浴びている最中であった。

編集に際しては、それなりに面談もし、関係者にも話を聞いたらしいが、全て台本のある演技であったらしい。

役員会議の重苦しい雰囲気を思い出しながら、人間は果たして赤貧になろうとも、本当に清く正しく美しく、道徳本に書かれているように生きられる性善なるものなのか、それとも、貧すれば鈍する方が普通なのか、心を洗いながら問い直してみたい気持ちであった。

主人公ヨーゼフ・クネヒトが今日の世界に問いかけた精神の貴族主義というものは、存在し得たのだろうか？

大学に入学してその講義に失望し、よくサボっては内外の古典をむさぼり読んだ頃があった。特に学問と芸術と冥想という三つの原理をどこかで必ず融合させ、精神のユートピアを求めたヘッセに傾倒した時期があったが、時の壁は長さばかりではなくその心奥部分まで変えており、当時の心に訴えてくるような感動など全く湧いてこないばかりか、美辞麗句に飾り立てられた欺瞞《ぎまん》がやりきれなくなって途中で投げだしてしまった。

こんな本に夢中になっていた青春時代が無性に腹立たしく思われたが、ただひとつほろ苦かったのは、あの頃は〝読む〟という行為自体に酔い痴れていたような気がしたことである。

それと、巻末の解説に書かれていた〝妄想のリアリズム〟という考え方は、この時代の識者の間では常識であり、リアルと別なく語られていた様子が分かったことが収穫と言えばそうかも知れなかった。

夕暮れの多摩川べりは肌を刺すように寒いが、物形が識別できるかできないかくらいの薄暗さが京介のお気に入りであり、しかも瞑想に耽けりやすかった。

静かで枯芝を踏む音だけが幽《かす》かに響くだけで、遠くで走る車の音や子供達の声も京介の耳には全く入らなかった。その枯芝を歩きながら、京介の心は義弟の不慮の死に移り変わっていた。

本当に不思議としか言いようがない何かを見落としていないだろうか？　忘れられないことを忘れているような気がしてならない。

例えば、或る事実を知り得たとしても、重要な事実が闇の中に隠されていて、しかも知り得た方が瑣末《さまつ》な事実でしかなかったら、それは虚偽と同様で真実を歪《ゆが》めているか覆い隠しているのではないだろうか？

雑誌人として京介は、今まで多くの意識的か無意識的か分からないが、そうした事実の並べ方によって何度も騙されてきた苦い経験がある。現に週刊部局は、その苦い現実の矢面に立たされている。

象も鼠も哺乳類か、と心で呟きながら、左手首を持ち上げてみて、初めて時計も携帯電話も持って来ていなかったことに気が付いたのは夕暮れも闇に変わった頃であった。

プラスチックの眼鏡を掛け、迷彩服を着た子供達の一団が手にモデルガンを持って、それぞれの戦果を声高に話し合いながら通り過ぎた。

同時に、波動のような過去への誘いを脳内センサーが伝えてきて、思わずしゃがみこんだ。


山県有朋に操られた陰の男が台湾銀行の貸金庫の前にいる。

預け入れた拳銃はFNブローニング・セミオートであった。

場面が変わって1920年、荒涼とした真冬の原野。

あの伊達順之助が愛用の拳銃FNブローニング・セミオート・M1800をじっと眺めている。


京介の心奥で記憶と想念がボーダーレスになって、苛立たしく波立っている。

ふと、我にかえって空を見上げると、満天の星であった。どうしてこんなに星が綺麗なんだと思う間もなく再び魂を引きずり込まれた。


蒋介石の若かりし頃が望遠レンズのように拡大してくる。

中国浙江省の生まれであるのに、日本の軍服を着て東京の外国人用の仕官学校、振武学校で訓練を受けていた。

その側で孫文も中国革命を熱く説いている。

時が移る。

場面が変わって、辛亥革命が起きていた。

ラストエンペラーが紫禁城を追放されている。

1年後の光景である。

再び振武学校である。

後に外相となって辣腕《らつわん》を振るった松岡洋右が大東亜共栄圏構想を唱えている。それに共鳴してアジア共栄のナショナリズム論を熱心に弁じている菊池洋三がいた。

1938年の台朝新聞に台湾銀行中興の祖と見出しが躍っている。

その台湾銀行が蒋介石の統治下になっていた。


半覚醒している。

しかしその振武学校時代は、孫文、蒋介石、そして、後に満州鉄道の副総裁をやった秋月省三達の軍国主義爛漫の中のささやかな平和の時であり、談論を風発できた最後の時代であったのか、という思いがよぎる。

後の史実であるが、中華人民共和国が成立するのは1949年のことである。

足元からの冷気に肩をすくめて覚醒し、空腹も覚えて帰路を急いだ。

星空を見たのも久し振りであった。

第20章　阿片

外報部長の浦田を含めて社内で数少ない京介の心赦《ゆる》せる同僚である関西支社長から或る日、電話が入った。

「浦田部長から依頼されていた〝クアクデ〟の黄南良の何代目かの嫡流が神戸でやっと見つかったぞ」

「会ってみるか?」

という声もそこそこに、適当な理由をつくりあげて新幹線に飛び乗った。皆で協力してくれていることを思い胸が熱くなる。

車中で缶ビール片手に中国という国に思いを馳せていた。中国人の言う血統、家系というものは大変な重みを持っており、例えば現在台湾に住んでおられる孔徳成という人は、紀元前479年に没した〝孔子〟の第77代目の嫡流であり、約2500年続いている由緒正しい子孫であると聞いたこともある。

紀元前500年前後といえば、日本では縄文時代後期であり、まだ弥生文明の足音さえ聞こえてきていない時代である。

流石《さすが》に中国三千年の歴史、といつも京介は思っている。

黄建明は神戸の海岸通りに住んでいて、

「昔、メリケン波止場と呼ばれていた所は、あの先ですよ」

とポートタワーの東の方を差してくれた。

この辺りは近代開明期、日本三大商港といわれた長崎、横浜に次ぐ港町で外国航路の船舶の大交流港であり、台湾が日本の植民地時代、その航路の主な発着点であった。

黄建明は、現在は飲食業や押入れ産業と通称されている倉庫業の延長線的業をしており、住まいは想像していたよりもはるかに質素な佇《たたず》まいで、そちらの方が驚いたほどであった。

京介が身分を明かして助力を乞うと、柔和な老顔をほころばせた。

祖父から聞いた話だ、という。

クアクデで財をなした黄南良は華僑グループで一目も二目も置かれるようになったが、何代か後には商売以外に、政治的にも民族的にも無関係でいられない存在になっていた。

そして、終戦の3カ月前、香港にいて世界規模の華僑のニュースネットワークから、日本敗戦の情報を知り、世界の華僑に発信、当時でも華僑の財力をもってすれば世界各国間の渡航などたやすいことであったそうで、世界中からの領袖が緊急集合して鉄壁の秘密会議が香港九龍島で再三行われたそうである。

黄建明は時折、昔を思いやるふうに遠くに目を馳せる。

戦乱が続いていた20世紀初頭から、特に華僑間で銀行という金融機関の信頼性は極めて低く、国際的な取引きにおける決済は大きな危険を伴っていた。

そのような世界マーケットを背景にもともとは自分達の祖国であり、更に日本国とはいえ、台湾に全組織を置く台湾銀行という存在は、絶好の安全機関であったという。

しかも、コロニアズムを猛進させる日本国軍にとっても、政商と呼ばれた人達にとっても、通貨は仮の手段であり、様々な形で価値観を共有できる基軸を必要とした。

その為には、世界中で不変的に価値観のある〝もの〟が権力集中的に吸い上げられることになったが、その保管場所が必要であった。

そこで、東南アジア最大と言われた貸金庫が建造されたのである。

国立銀行でありながら、一般取引きも行った背景は、畢境《ひっきょう》、軍の傀儡《かいらい》となって働く政商や軍属、或いは全く逆に政商達に操られる軍部達の、或いは政治家達の私用の為であった。

しかし、最大の背景は、三井、三菱といった大財閥に買収された腐敗軍部が謀略、侵略の限りを尽くしてかき集める〝阿片〟取引きによって得た地下資金の隠匿《いんとく》場所であった。

大正末期、日本がヘロインの輸出量で世界一であったことはあまり知られていない。

軍威昂揚《ぐんいこうよう》の為に、一部前線兵士に積極的に使用された事実はあるが、日本がイギリス植民地主義の後塵を拝して、アジア侵略を図ろうとしたのも狡猾《こうかつ》な財閥と結託して一部の人間が私腹を肥やすべく、阿片を求めた為である、とも言われている。

しかし、そこがまた華僑の目の付けどころでもあった。国家が後ろ盾となった極秘部分を持った存在である。世界的にみても危険性は極めて薄い。倒産とか、査察等による一般金融機関の持つ不安もまず考えられない。総合的に高い安全性と判断して、ワールドワイドな華僑の急所が集まるところとなった。

その銀行が、想像もしなかった浮沈の瀬戸にいる。

再三にわたる秘密会議の結果、華僑の世界に冠たる領袖達の出した結論は、台湾銀行の預金はこの期間にすべて引き出すことは却って危険である、最悪の場合、没収されても構わないが、貸金庫の中味は華僑にとって死活に係わる隠れ衰的部分を内含しており、閉鎖もしくは没収される以前に移送しよう、ということであった。

しかし、世界中に散らばっている関係華僑全てに手配するには3カ月という期間は、あまりに短すぎ、また金庫の中身を選別する時間もない、ということで貸金庫の中身をすべて運び出そうという決断を下した。

第三者に迷惑をかけることは忍び難いが、五千万人とも六千万人とも言われる華僑の死活が懸かっている。万一の場合は弁償してもいい、という総意を得てチームが組まれた。

まず、腐敗軍部の高官に情報提供と共に、隠し財産の安全移送と確保を約束して黙許を取り付け、財閥系にはいくらでも脅しの材料を持っている華僑の強さを如何なく発揮して、或る面での協力まで取り付けることに成功した。

次に、当時引退していた菊池洋三を、緩急手を代え品を代えて買収することによって始動した。どのような手段を弄《ろう》したのかは不明である。

そして遂に、貸金庫室への侵入から開錠、運出までをわずか2日間で達成させた。現在の中型コンテナーに入れても、優に10個はあろうかと思われる量であり、しかも大量の金塊も含まれていたと思われる。

後進国のひとつぐらいは買えるほどの膨大な財力と裏ルートが総力を挙げたことは想像にかたくない。

彼等の地下コネクションを使って一旦、香港に運び込まれた〝もの〟は、滞留されることなく、闇から闇へ安全を求めて絶えず移動を繰り返し、１９４７年ようやく香港近辺から姿を消した。

その2年間の内に、黙契や協力を条件に約束した華僑以外の特定の人々には、全て一件の違約もなく、約条を果たしている。ただ、その貸金庫を利用していた何も知らない善意の人達にとっては全く不運であった。しかし、仮にこの事実がなかったとしても占領下ではどのような扱いを受けたであろうか。

考察してみる必要はあるかも知れない、京介の心境である。

香港近辺から姿を消したその後は、誰一人そのことを口にする者はいなくなってしまったという。

驚くべき話であった。

黄建明は老齢であり、

「この事実を耳にして以来、今迄ただ一度も口外したことはないが、もう人生先がないから年寄りの駄法螺《だぼら》と思って聞き捨てて下さい」

と大きく口を開けて笑った顔が印象的であった。

不思議は更に広がりを増すような気分であったが、すばらしく大きな進展であったような気はしている。

遣米使節団が日付変更線を越える頃、江戸桜田門外で井伊大老が暗殺された。

一行は知る由もなく、アメリカ西海岸に下船したところ、いち早くそのニュースを新聞が報じていることを知って驚愕した、という情報化時代から、更に70～80年後の頃である。

これだけの歴史的事実が秘められていた、ということは、信じられないほどのブラックボックスか、スーパーパワーが存在していたのかも知れない。

第21章　シンクロニシティ

多分、多くの人がその人生において一度や二度は経験したことがあるに違いない〝不思議な偶然〟がある。

ユングは、そういう事実を〝意味ある偶然の一致〟と捉え、〝シンクロニシティ〟と名付けた。日本では〝共時性〟と訳されている。

例えば、遠くにいる母の死を夢見たその日に母の訃報を知らされたとか、北海道に出張中、たまたま観光で来ていた九州の知人と街のレストランで邂逅したとか、そういった共時性には意味がある、と説いたのだ。

つまり、出来事を全体論的運命様に考え、人間が人生において出会う様々な出来事を、それぞれ意味がある事として繋ぎ合わせて考えていくと全く関係のない偶然は存在しないという。

この主張が京介のマインドワールドにとてつもない衝撃を与えることになろうとは、夢にも想像していなかった。

性癖というものは、何歳になっても変わらない、と京介の心中が自問自答している。趣味も、嗜好も、考え方も、仕草も、強弱にはなっても、どんなに年齢を経てもその本質は変わらない。

物心ついた頃から本が好きでどこへいくにも手離したことはなかった。どんな音楽でも耳をくすぐる曲が流れていればご機嫌であった。一人で遊ぶのが好きなくせに、雑踏の宵街が好きであった。常に愛情に囲まれていたいのに無感動を装ったり、現実派を素振りながら内心はいつも夢を追っていた。

普通の人々にとっては、理解できない雑多な要素が京介の心の中では何の不都合もなく、常に同時併存で心と精神の均衡を支え現在に至っている。

しかし、今日の京介は、内心を装ったり、他の人の目を気にしたり、会社や俗世間のことを思ったり等、全くしたくなかった。

本来の赤裸な自分そのままに、何の束縛もなく自由に自分の思考の世界だけに没入しきっていた。頭の左半分は現実の驚愕で、右半分は過去の魂との触れ合いで横溢している。

ずっと昔、アルノ河の畔にあった小さな赤煉瓦のホテルで〝ダフニスとクロエ〟を思いがけなく聴いて胸が痺れたり、夕方の誰もいない街角でたった一人の大道芸人が、無心に〝ヴィオラ・ダ・ガムバ〟を奏でている光景に出会って時間を忘れたり、或いは意味あり気な少女が裏通りの狭い壁に背をあずけ、立てた両膝の間に淡い陰りを見せつけていても何の感慨も覚えなかったことなど何故か思い出していた。

感情も関心も快楽の感じ方も人並みではなかったかも知れない今までの人生は自覚しているが、その対極端にある沸々《ふつふつ》たる激情に今、この瞬間自分は足を動かされている。

シンクロニシティの現実に京介の左脳はまさにパニックに陥っているようであった。

赤坂一ツ木通りをホテル「ニューオータニ」の方に向かって、憮然と白日夢を通り抜けるように歩いている京介の少し離れた後方を、殆ど京介の歩調に合わせるように歩いている女性がいた。わき目も振らずただひたすら京介の後ろ姿を目で追いながら、何か精神の糸に引かれるような感じで無意識の意識で歩いているようである。

しかし、際立っていたのはその存在感であった。銀髪に近いプラチナブロンドのヘアーに大きな蒼《あお》い翳を持った眼差し、くっきりとした鼻梁、長い脚の上に蜂のようにくびれた腰、目を見張るような見事な乳房がまるで透けて見えるような赤い繻子の中で息づいている。夾竹桃の花のような匂いが鼻孔ではなく、視覚に匂ってくるような不思議な絵のような美女で、10人中9人までが振り返らずにいられないような身辺空間を漂わせていた。

ホテル「ニューオータニ」のタワールーム27階のツインルームのドアを後ろを振り返るのも忘れたように開け、それが京介特異のマナーであるが、チェーンレバーをアンロック代わりに挟んで中庭を見下ろすように茫然と佇《たたず》んでいた。言葉では言い表せない京介の優しさであるが、今日は無意識の仕草であった。

数分後、彼女も無言で入ってきたことをドアの閉まる音で京介の背中が聞いた。出掛ける時、付けたままにしておいたベッドサイドラジオからは最近京介の心を揺さ振っているウィントン・マルサリスの〝オクトルーン・ボールズにて〟が流れている。

ユングばかりではなく、ルイ・オーギュスト・ブランキやフリードリッヒ・ユンゲルスも無限の空間に無限の再生が行われ、無限の偶然と無限の歴史が存在し得る、と言っているがこれほどの偶然と現実が本当にあり得るのだろうか。

今、京介の後ろに立っている女性の名はクレア・ルイス・ノートン、紛れもなく秋月江梨子の孫である。

数時間前、突然パソコンに向かっていた京介の机の上で電話が鳴った時、何故か強烈な胸騒ぎがした。

一瞬、躊躇《ためら》うように伸ばしかけた手を宙に止めた後、受話器を耳にした。交換手を代わった声は綺麗なアメリカンイングリッシュと、同時通訳で聞くような硬質な日本語とのミックスであったが、動悸が激しく脳が理解できず、一言も発しないでいると数秒後か数十秒後かに懐かしい聞き慣れた男性の声が静かに飛び込んできた。M重工業の穂坂であった。急激に心が沈静し、

「冗談もいい加減にし……」

と言いかけたところで、

「彼女こそ、秋月江梨子の孫でお前と同じマインドワールドのコスモポリタンかも知れないと思ってわざわざ連れて来てやったんだ、とにかく出てこないか?」

と言われて京介の脳内が真っ白になった。何はともあれ、ホテル「オークラ」にいると言うので忘我心境で飛んで行ったのは数時間前であった——。

穂坂の話が先であった。

彼女は穂坂のアメリカ在留時の秘書代わりを務めており、重要なビジネスでの最後の詰めの

時には、穂坂の米語力と彼女の日本語力を合わせると相当込み入った話でも纏《まと》めることができるので、最高のパートナーであるという。

或る時、昼食会が相手の都合でキャンセルとなり、席を移して穂坂と彼女がプライベートになったことがあった。その折、何気ない会話の中で羽島京介の話をしたところ、彼女の瞳孔が膠《にかわ》を掃いたように硬直した。次を急がされて透視のことやミニ・レボルバーの話に及ぶと小さな悲鳴が漏れた、と訥々と言う。

穂坂が訳を糾《ただ》してみると、物心ついた頃から母の寓話か妄想のように胸の奥に染み付いていた思念が現実に表出した、と呆然としながら呟いたらしい。

更に話を聞いてみると透視も脳視も京介のマインドワールドに極似しており、あのミニ・レボルバーの表現も寸分違わぬものであった。そこまで彼女の話を聞くに及んで、京介の脳内に思いを馳せたが、

「俺の思念では届かなかったか？」

と人懐っこい笑顔を綻《ほころ》ばせた。

しかしその時には、京介とクレアとはお互いの脳内でサイキカル・コミュニケーションを図ろうと激しく交流の試行錯誤をしていた。古城の迷路をさまようようでいながら、間違いなく真夜中的な官能も感じている。

穂坂は、ニューヨークで何度か彼女の話を聞き、かつて京介と会った時に片々書き残しておいたメモと照合しながら、大いなる興味と確信を抱き、或るシークエンスを思い付いた。

もちろん、京介を驚かせてやろうという悪戯心《いたずらごころ》もあったが、その先の未知なる世界の広がりを見たいという思いが募って彼女の渡航費用を出し、両親の快諾も穂坂自身が取り付けて日本に連れてきたのである。

彼女のたっての希望でもあり、お互いに長い年月、蟠《わだかま》っていた思念の世界に新しい扉が開かれるかも知れないという提案に、穂坂は、

「その為にわざわざ連れて来たんだから心ゆくまで二人で話し合えよ」

と言って待たせておいた社用車に乗り込んで帰っていった。

京介のメンバーズホテルであるこの「ニューオータニ」は、社の別用があって3日前からキープしており、或る緊急用に備えているが未だ使われておらず、今朝京介がiモードにした携帯電話を常備用に届けにきた時そのままであった。

第22章　クレア・ルイス・ノートン

事実は驚奇の偶然性であった。

京介の同級生、秋月富之は早稲田大学を卒業し既成の社会的枠組に収まりきれない自由主義的な思想に啓発され、当時流行していたイージーライダーやヒッピー紛《まが》いの人生に憧れて日本を飛び出した。

中央アジアからヨーロッパを経て、南北アメリカ大陸を足掛け10年にわたって放浪、帰国はおろか、一度の手紙も電話も日本とはコネクトしなかった、と後に聞いたことがある。

しかし突然帰国した時には信じられないほどWASP的になり、どこかの大学の修士号も取得して複数の会社の社外相談役的業務をしていたようで、しかも凄い金髪美人を伴侶としていた。

京介達が東京でささやかな同郷会兼、同級会を設け集まった折、交換した名刺にはヴェネズエラの宝石商コンツェルンで有名な〝H・スターン〟東京駐在所代表という肩書きであったが、何故か金髪美人との結婚に関しては言葉を濁されたような気がする。

その後、八戸市役所が地方自治体としては初めて国際的第三セクター事業を推進することになり、市当局が南米事情に明るい交渉の専門家を緊急に探し求めている、という助力依頼を何気ない社の食堂での会話で京介は耳にした。

先般のささやかな集いにもさり気ない手土産を持って来てくれたことへの御礼の意もあって、H・スターンの事務所に電話をしてみると幸いに秋月は在社していて、PRも兼ねて訪社させてほしい、と言う。特に急用もなかったので、

「インスタントコーヒーならふんだんにあるから待っている」

と言って少し机の上を片付けて、コーヒーラウンジ（といっても食堂の片隅であるが）に降りていった。秋月の会社はこの京介の会社とは1ブロックも離れていない近さである。

先に一杯のコーヒーを、と一口啜るか啜らないうちに、受付から連絡が入った。

先般の手土産の御礼を言ってから、

「どうだ秋月、第二の故郷に手を貸してみる気はないか?」

と言って八戸市の緊急事情を説明すると、

「非常に危険なファクターがあるな。例えば日本人でも向こうに数年も住み付けば、南米カラーになるのが不思議でもあり魅力でもある。そのようなビジネスをマニュアル通りに推進で

きると思ったら大変なことになる。脅かすわけではないが、失敗したケースを飽きるほど見聞している。その辺の事情を納得してもらった上で自分でよければ喜んで手伝いたい」

と意外にすんなりと承諾してくれた。

その後、何度かの意見のやり取りがあったようであるが、間もなく市長代理待遇のような特別職で採用された旨、手紙を貰ってからお互いに多忙を極め、再会を果たせないでいるうちに、先年取材出張の途中に立ち寄って初めてその死を知ったという背景があった。

今思うとあの京介の話に乗ったのは、経済的や名誉的な思惑など全くなく、純粋に危機感からの協力申し出であったかも知れないという気がしている。カリフォルニア州一州よりも小さい島国感覚が、イデオロギー以前の自然性といったものを生まれついて〝刷り込まれた〟国にストレートに通じると思っていることへの危なさに、本能的な不安を感じ取ったからかも知れない。

数十年前の英知が、今やっと理解できたような気がする。そして、目の前のクレア・ルイス・ノートンの不思議の国の話である。

結婚という〝形〟を嫌がった秋月富之は、愛を全てに優先させたが、世間もそしてクレアの母も心奥では理解できなかった。

数年後、市役所内で彼の担当する特別プロジェクトは、着々と成果を上げ始め多忙になる一方、二人の溝は深まり凍てつく八戸という地も心の寒さに相乗して彼女は心を病み、傷心の帰国をした。

しかしその時、すでにクレアを身籠っていたが秋月に告げることなく、想い出に蓋をし、愛の証だけをひっそり持ち帰ったのである。

生まれ故郷のヴェネズエラは明るかった。カラカスから車で30分ほどの港町、ラ・グアイラでは年老いた母が何も聞かず、ただ長い、長い時間彼女を抱きしめてくれた。

この家から見る夕日がすばらしい、と秋月はいつも話していた。ゆっくりと海に向かって落ちていって、そのまま水平線に一瞬にしてトポッ！　と沈む。見事な景観であった。

運命的な出会い、というものは一般的にはそんなに経験されるものではないと思う。しかし、彼女はラ・グアイラで毎日夕日を眺めていた時、たまたまカリブ海をクルージングしていたテキサスの富豪の息子に見初められていた。

ヴェネズエラは世界に最も、ミス・コンテストのチャンピオンを多く輩出している、冠たる美人の国である。

夕日に映える美女、迫り出し始めた腹部も妖しの魅力であったそうである。熱烈な求愛が始まり、全てを暖かく包み込んでくれたばかりか、生まれてくる子供は是非共、自分の実子にして欲しいとまで惚れられた彼女は、遂にその愛を受け入れた。

無事出産して、幸い何不自由のない生活が始まった。夫も南国系の金持ちにありがちな軽薄さは全くなく、心底から彼女を愛し、クレアの他に3人の弟妹をもうけたそうである。

時移り、クレアが少女期を迎えた頃、多国混血系人種特有の遺伝子を受けた美少女に育っていた。モデルや芸能界への勧誘も凄まじいほどの人気であったそうで、テレビにも再三登場したらしい。

しかし、虚栄を嫌った両親はユカタン半島のテルミノス湖畔に居を移し、太陽と自然と両親の溢れるばかりの寵愛に包まれて、大地の神の申し子のように育っていった。

思春期を迎える頃には、虚飾の世界とは無縁の優雅さや上品さ、洗練された趣味、そして何よりも汚れを知らない明るさを身に付けていた。

大学も両親の希望でフロリダに決め、オーランドのアパートメントに移った頃からクレアの身辺と脳内に不思議な変化が起き始めた。また環境的にも父の事業が危機的状況になっており、経済的な自立を余儀なくされだしてもいた。

夜ベッドに入って微睡《まどろ》みかけると、クレアの脳内に頻《しき》りに何かの啓示のように或る事が囁かれ出したのであるが、両親の経済的な苦悩を思うと、つい涙がこぼれ、想念か妄想か不思議なサイキカル・イメージはどこかにかき消されてしまうのが常であった。

或る夏、友人の別荘のあるキーウエストで何日間か休日を楽しんだ。フロリダ海峡の真っ只中にある小さな島なのに、ヘミングウェイが愛したことで世界中にその名を知られるようになった風光明媚な美しい地である。

数日目の夜、夢を見た。翌日も、またその翌日も同じ夢を見た。しかし何日間か同じ状況にあって、これは単なる夢ではなく、母か祖母か、女系的な遺伝子の申し送り事項ではないのか、と何故か脳が感じるようになってきた。

夢か、妄想か、幻か、何も具体的に決め付けられないのに、思念的にはっきりした輪郭が或る啓示を引きずりながら再三現れるようになっていったのである。

全く行ったこともない日本の情景の中に、無声映画の手回しフィルムのように珍しいシーンが展開している。

理解できないカット割りの最後には必ず、羽島という人物が現れ、愛しそうに拳銃を見つめている。

銃身がズームアップすると、何故かノース・アメリカン・ミニ・レボルバーという刻印が大きく目に入る。

その次には決まって一人の女性が現れて……。

自分に会えばもうひとつの世界が見える、と頻りに囁くのが常であった。

その女性はいつも、縁なしの眼鏡を掛けた男装の背の高い麗人であり、言葉は日本語なのに、クレアは不思議に完全に理解できた。

何度も両親に相談しようかと思ったが、大変な現実に直面している最中であり、
「夢を見ているのよ」
と言われるのが単純に嫌でもあった。また、結果の見える相談というのも、彼女の自尊心が赦さなかった。

その後、大学では国際関係論と日本文学を専攻し、M重工業の現地法人に入社、穂坂弘治郎に出会うまで、サイキカル・イメージ的、夢か妄想の世界と秘めやかな付き合い方をしてきていた。

家庭的にも、両親、弟妹共にそれぞれ自立した人生を歩むことで、或る意味で安定を得ていた。

京介に無言で両手を差し出した。

22口径弾の金メッキされた空薬莢と、台湾銀行と刻印された鍵のペンダントであった。

電撃のように京介の脳内に稲妻が走った。羽島政蔵、伊達順之助、秋月江梨子達は、福沢諭

吉の開校した慶応義塾で英米学や独立自尊、ナショナリズムやコロニアズムといった当時の最新の知識に夢中になった同窓生であったことが思い出された。

脳波が停止した。

男装の江梨子が順之助と激論を戦わしている側で、羽島が原書に夢中になっている光景がはっきり見える。

そして突然、強烈な自意識が覚醒と同時に、或る重大な仮説を徐《おもむろ》に引き出した。

1945年5月、台湾から運び出された貸金庫の中身は、華僑の財力の総力を挙げてフレートの組織に完全に結託したのだ。

しかも、貸金庫をそっくり運び出したのなら（あの鉄壁の貸金庫を動かすことなど全く不可能であるが）ともかく、中身だけなら鍵は不必要であるのだ。

「そうか！」

と京介は納得した。

あの義弟の握っていた鍵も、今、京介の手の中にある鍵も、何かの暗示であって現実の貸金庫という物を開ける手段でないかも知れない。しかしそれでは、もうひとつの22口径弾の空薬莢は何を意味しているのであろうか。

しばしの思念と、シンキングタイムを詫びて、クレアに訊ねてみると、

「いつの間にか、母の手箱の中にあったわ。子供の頃、私、泣き虫だったからいつも母の側にしがみついていたけど、泣き止んでみるとこのペンダントを私の手に握らせてくれていたの」

と、思い出すように言った。

「私も、この金メッキの空薬莢を手にすると、どんなに機嫌が悪くても笑顔が戻ったし、ペンダントは私の最高の玩具代わりだったような気がする」

「これは何か聞いたことはないの？」

と京介が訊ねると、

「ママのママから大事に預かったらしいわ」

と、言われも出所も何ひとつ答えを出してくれなかった。

しかし、それは、いつもクレアの心を和ませてくれ、また心地好い瞑想の世界へ誘ってもくれた。

そして、いつの頃からか、或る種の精神的麻薬のようにクレアにとっては不可欠の存在となり、恰も人形や縫《ぬ》い包《ぐる》みに接するように愛しの対象になっていた、という。

そして、キーウエストでの或る夏の夜、夢の中のシルエットが具体的な輪郭を帯びて、日本

語でクレアに話しかけたのである。

但し、クレアの返す言葉は、第三者が聞けばまるで人形にでも話しかけるようなお伽の国の幼児言葉のようでたどたどしかった。

しかし、夢の中では完全に意志の疎通が図れる地球語的言葉であった。その麗人は静かなハッキリした日本語で話しかけ、微笑みかける。クレアが訊ねるのは、まだ大学での日本語習得が拙かった為、英語的文言の言い直しであった。

〝日本〟と〝羽島〟、後には〝羽島政蔵〟と〝羽島京介〟、〝ミニ・レボルバー〟といったキーワードが繰り返し繰り返しクレアの脳内にインプットされ続けてきた経過の奇蹟的な偶然に、本当に60億人の人間が住むこの地球でたったひとりのその人に巡り逢えたということは、まさにアンビリーバブルな事件であった。

しばらくの間の沈黙と、お互いの凝視の後、明日からの観光を兼ねてのマインドジャーニーを約束して、クレアの頬におやすみのキスをすると思いがけなく京介の顔を両手で挟み、何かの想いをぶつけるように激しく唇を押し付けてきた。

多分、自分でも信じられない感情の奔流であり、同じ精神世界の住人に出会えた歓喜の迸り《ほとばし》であったかも知れない。

長いような、短いようなくちづけであったが、所謂《いわゆる》、男女のパッションでは勿論なかった。

しかし、今までの人生で経験したことのない最高の〝芳醇な時〟を満喫していた。また、これほど、純粋無垢な感情に触れたのも初めてであったような気がしている。

あのファウストを彷彿とさせる魂の揺れ、動く様が聞こえてくるようである。そしてクレアが思いを辿っている様子がお互いの思念世界で感じ合っていた。

クレアは一度唇を離して、眩しそうに京介を見つめ、今度はゆっくりと目瞼を閉じて身体を預けてきた。

長い抱擁であったが、お互いの心を解け合わせ、言葉ではなく人生を語り合えた、京介生涯の最高の触れ合いであった。

窓の外は、狂瀾怒涛の帝都の夜である。

第23章　大正浪漫

会社への常套手段である、親類の不祝儀を理由に数日間の休暇を取り、クレアと本当に無意識の意識というものを感じながら、まさに大正浪漫的な旅をした。

三文小説でも最近はあまり見かけなくなったが、〝目眩く《めくるめ》〟という以外の表現が考えられないポエティカルな時を過ごしたのである。

人は、自分の身体を基準に物の大きさを考える。価値というのも、相対的でありながら、実は自分の価値観で判断している、というのが京介の持論である。

一期一会という言葉通りの出会いになるであろう今の二人には、想いも気配もその存在だけで最高にファビュラスであった。

群集の中の孤独というものが好きな京介の本当の内心は、自分以外の存在に対する気遣い、照れ臭さ、そういったものに気配りすることが大嫌いなのであった。

それが、クレアの場合、自分の思念が彼女の深窓心内を、まるで透明な宇宙空間を通り抜けるように何の気遣いもいらず、すり抜けていった。

自分の過去の想念なのか、想像であったのか、形にならないものを自由に交差させ、言葉では一日かかっても語り尽くせないであろう膨大な思考の集合も、一瞬にしてお互いの脳を入れ替えるように交換し合えたのである。

合わせる、とか、付け加える、といった意志を全く必要としない、心身の中に宿るあるがままがお互いの心に静かに染みてくる、ということに心地好さというものをしみじみ実感していた。

温泉に入ってみたい、というクレアの希望で箱根湯本温泉に連れていった。

木肌の風情に溢れた、数奇屋造りの宿は、深閑として外からは窺《うかが》い知れない静かな時が流れており、クレアを驚喜させた。

しかも、長い廊下は踏み石伝いとなっており、ゆっくりと日常を取り払っていくことになる。様式の中に身を置いて、非日常を堪能するこの雰囲気だけは理解できないであろう、と彼女の背中に少し悪戯《いたずら》心をぶつけると、〝パーフェクトよ！〟と凄いサイキカル・リアクションが返ってきて、思わず京介は首をすくめた。

檜の風呂に鏡面のようにぴんと張った湯の面を、扉を開けてすり抜けた外気がすっと檜の香りを漂わせてくる。ジャグジーやプライベートバスに慣れ切っているはずなのに、彼女は何の違和感もなく京介と一緒に湯船に浸り、どこかに紛れ込んだような薄明かりの温泉を堪能した。

京懐石料理が自慢の宿である。

中年の仲居さんが、古九谷や古唐津の器に極上の春の食を載せて部屋に運んできて、品書きの説明をひと通りし終えると、

「どうぞごゆっくりお召し上がり下さい」

と、にこやかな笑顔と丁寧な仕草で襖を閉めた。

商売柄だけでなく、内から優しさの滲《にじ》みでている女性であった。

明石の魚介や京野菜を使った、雅な料理を眼前にしながら、クレアは先ほどの仲居さんの残像を追っている。

「人生って、本当にいろいろあるんですね」

と、サイキカル・ランゲージで同情するような表現を送ってきた。

実は、京介の脳視には、クレアの感じている彼女、仲居さんの過去より、ずっと以前の驚愕の事実が見えて唖然となっていたのである。

覚醒中に、しかも現視の裏にみる想念の世界は初めてであった。


薩摩藩の別邸に〝新内〟の三味線を抱えて、ひとりの項《うなじ》の美しい女性が入っていった。

無精髭を生やした坂本龍馬を囲んで後年、日本造船界の草分けとなった〝小林芳雄〟、国際金融実務の基礎を確立した〝早川稜〟、それに〝伊吹周吉〟等々、錚々たる人物が取り巻いている。

この別邸に寄宿している佐土原英助もその一人である。

浪人であるのに懐は何故か豊かそうで特に彼女を可愛がり、酔の深間の中で、

「およはこの世に早く生まれすぎた人ごわすな……」

と、謎の言葉を投げかけていた。

その、およの何代目かの血を引きずり、また、若い頃の過ちで一度入水自殺しかけた、〝闇〟も覆って、この旅館で必死に人生を取り戻そうとしている彼女の系譜が、絵図面のように京介の脳に見えていた。


クレアの思念のすばらしさに改めて驚く一方で、ずっと昔、京都、嵐山温泉で見た鮮烈な心象に連なっている歴史の延長に、再びこのような機会で出会うとは寸毫《すんごう》も予期したことはなかっただけに、驚きの表しようも忘れていた。

クレアも、自分とは遥かに思念昇華の度合が違う京介の脳心に少しでも近付こうとしてみたが、今は、流石《さすが》に無理であり、マインドワールドの底知れぬ奥の深さを痛感させられたようである。

平静に戻った京介に、クレアは何も訊ねなかった。俗っぽい言い方をすれば、芳醇な時を共有している、という現実だけで心が溢れるばかりに満ち足りていた。

多少、京介の自由になる金もあって、クレアに気儘な日本観光をプレゼントし、約一カ月ほど滞在して帰国している。

その上、もう一度大学に挑戦して精神科医になりたい、という彼女の意を汲んで、〝足長おじさん〟になってやろうという約束までしてお土産代わりにした。

そして、二週間後、あのヘミングウェイのキーウエストから分厚いエアメールが届いた。

何千何百の言葉でも言い表せない感謝の気持ちを汲んでほしい、という精一杯の手書きの御礼の言葉に続いて、京介の思考が停止した。

「帰りの飛行機の中で、微睡みから覚めてみたら、突然、私の人生観と世界が変わっていたの。それも、何かを京介に吸い取られたように感じている。今までのような幻視も、想念も全く湧いてこないばかりか、恋人でも愛人でも、勿論、奥さんでもない存在の感情に支配されだしているの」

と書いてあった。

普通の女性に戻ったのだ、と京介は直感した。

祝福してやりたい気持ちの一方、精神的世界の一人の〝類〟を失った思いも、哀切のように胸の奥から滲み出てきて、込み上げる感情にしばらくの間、顔を上げることができなかった。

第24章　スーパーパワー

京介の大好きな資料室通いが始まった。例の活発な見習女子社員が、自分に資料調査をさせてくれ、と京介に再三頬を膨らませて掛け合いに来たが、この楽しみだけは余人に渡せない特権である。

昨日から、フレートの歴史に疑問を膨らませ、背景に驚愕している。調べれば調べるほど、複雑で多重構造が微妙にからみ合って、一夕には理解できないような仕組みになっているようだ。それでも、輪郭は見えてきたし、具体的なターゲットもいくつか捕捉できたと思っている。

産業革命以来、世界的規模で輸送産業が発達し、その費用は時に製造原価を超えることも決して稀ではなかった。そこに、知力と財力を注ぎ込んだのが華僑である。

世界中にあるチャイナタウンを拠点として、それらを結ぶ線を立体的に積み上げていっただけで当然関連産業も発達していった。

そこからが華僑の先見性であり、凄さである。博奕性の高い輸送機関、特に船舶等には一切手を付けず、物の〝輸送〟に拘《こだわ》った。

そのひとつが、入れ物、つまり倉庫から容器に至る媒体であり、今のコンテナーに繫がっている。現在では、陸送用から海運、航空用と或る面を共通規格にして一貫性を持たせ利便性を極めているが、それも世界的規模でトランスポートの大拠点を網羅している、チャイナタウンを牛耳る華僑のワールドネットワークなくしては絶対考えられない。

大航海時代を経て、19世紀末からは、国境というものの透過性が拡大し、国境を越えた交流が大展開する。

極めて遠くの地域に産する原料が、加工産業の発達した国に運ばれて製品となり、世界の至る所に交易され、流通して消費されるグローバル市場になっていったのである。

20世紀とは、まさにすべてが変わり、過去の経験の価値が高速で消滅する時代であったと京介は思っている。

しかし、この物流の凄まじいボーダーレスの拡大現象の中で、華僑は、船とか飛行機とか鉄道とかいったハードの輸送機関には見向きもせず、〝輸送手段〟というソフトに目を付けたのである。それが運輸業、フレートであった。

消費者の無限の欲望を満たす為、フレートは、自らを強制的に成長させ巨人化していった。

そして、今、世界最大のフレートの頂点に立っている、と噂されているのが先に述べた台湾の王永慶である。

かつて、英領で産業革命以来の伝統と技術を重んじて独占的に製造している、と言われた輸送器産業は、その実、華僑連合の世界的な住み分けの典型である、とも言われているらしい。

確かに品質においても、価格においても、研究開発においてもこれから新規に参入できる余地は殆どないか、或いは、可能性はあるとしても極めて困難な世界のようである。


資料室でのいつもの光景である。

何杯目かの舌が焼けるような熱いコーヒーで頭を刺激しながら、それが癖である、眼鏡をかけたり外したりを繰り返して眉間に皺を寄せ、調べものをしている。

小さな蟻の通り抜けるくらいの糸口であったのが、巨大な地下トンネルにでも迷い込んだような茫漠とした不安も感じている。

世界には顕在化されていない、予想だにできないスーパーパワーというものがいくつも存在しているようで、今更ながら自分の無知を痛感させられる思いであった。


その夜、鎌倉の妹から電話がかかってきて、

「何か分かったかしら？」

と言う。

今までの収穫と言えるほどではないが、と断ってから若干の手掛かり的なものは摑《つか》まえたところ迄を話し、電話を切ってから改めて原点に立ち戻って考えてみた。

義弟は非常に潔癖な性格であり、自分で納得できなければ決して前に進むことはしなかったはずである。

従って、仮に殺されたのではなく、状況通り自殺とすれば、追い詰められての末でなく、納得の結果ではなかったろうか？

そう考えて、義弟の持っていた台湾銀行の鍵と、クレアの持って来た鍵を二つ机の上に置いてしばらくの間、眺め思念を集中させてみることにした。

ＮＯ・３２２１とＮＯ・９０４１と何の脈絡もなさそうである。違いは、一方が金メッキされ、一方が錆付いていているだけである。

相変わらず鉛のようなマインドシェルターが京介の思念域をバリアーのように覆っていて、どうしても弾き返される思いがしている。

しかし、ベッドに入って、今夜は酒の力も薬の力も借りずに眠ってみようかと努力しても案の定、益々目が冴えてやはり寝酒の世話になるかと半身を起こしかけた時、突然あることを思い出した。

蒋介石の未亡人、宋美齢は夫の死後、アメリカに渡って永住を決めたはずである。1901年生まれであるから、生きていれば100歳になっている。

中国三大財閥のひとつ、宗家三姉妹の末妹であるが、終《つい》の住栖《すみか》と決めたアメリカに移住した時でさえ、1兆円とも2兆円とも言われる財産があった、と噂されていた。

戦前、日本にいた時、才能はあっても金のない蒋介石と知り会うまで、在日華僑団の頂点に立っていたが、資金の運用は銀行というオープン機関を使うようなことは一切しなかったことで知られている。

国際シンジケートとでも言うべき華僑の人脈の方が遥かに信用できたのである。しかも、革命後一時アメリカに亡命して、当時のアメリカ政府首脳部とも極めて密着していた、と聞いている。

勿論その底流は、開発途上国の一国ぐらいは買えるほどの豊かな資金力が物を言っていたことは疑いもない。

とすれば、彼女を取り巻いて中国、日本、米国、台湾というブラックボックスが存在し得た可能性は充分考えられる。各国に散らばる華僑達の領袖の、そのまた頂点に立っていたのである。

一般銀行への不審は徹底していても、華僑達の領袖が選んだ台湾銀行だけは特別だったのではないだろうか？

これは、京介の思念でなく想像である。事件が台湾で起きたのだから、ということで時場に拘《こだわ》り過ぎていたのではないか、と思う。日本からも原点の発信基地として調査範囲を広げてみる必要があるのではないか、と思い付いたらようやく睡魔が訪れてきた。

翌日は新潟市への出張であった。昔と違い新幹線利用で日帰りが原則である。また、片道2時間という移動も京介の一番好きな距離感である。

グリーン車で毎月変わる〝トランヴェール〟という雑誌が好きでよく持ち帰ることもあった。コーヒーサービスを受けて、雑誌を手に取ろうとした時、ふと昨夜の続きを思い出した。巨大なパワーと不思議の続きである。

1947年、石橋湛山が国会の予算委員会で証言した内容が思い出された。現在の金額で軽く3兆円を超える資財が行方不明になっている話である。

京介が入社した頃、盛んにマスコミを賑わしていたのが、○○マネーとか△△資金とか呼ばれる、詐欺紛《まが》いの事件であった。

戦前の大官僚の横暴振舞い、戦時中の軍による国民からの収奪紛いの徴発、そして戦後の占領下の曖昧模糊《あいまいもこ》さ、そういったものが混然となって大衆の怨念にエネルギーを持たせ、一攫千金的、或いは埋蔵金的妄想を生んだのではなかろうか？

そして、いつかそれらが一人歩きして怪物的に成長し、人々の善意を喰いものにしていったのかも知れない。

しかし、現実的に信憑性のおける基底レベルは米国も、日本も、そして最終的に蒋介石も、宋美齢の財力を必要とし、或いは利用しようとし、地下ルートで互恵関係を結んでいたのではないか、という仮説が成り立つ。

巨大な裏資金が一度でも動けば、それに何十倍する虚説が横行するのが世の常である。開発途上国の一国くらいは買えるほどの金額という。現に台湾で創設された蒋介石政権は、宋美齢の資金によって支えられていたというのは隠然たる事実であるようだ。

とすれば、終戦と共にイーブンになっていない部分、つまり対等互恵でなかったアンバランスも存在したはずであり、戦後何らかの調整が行われた、とは考えられないだろうか。

しかも、もしその調整に台湾銀行とか、ＧＨＱが接触した旧日本軍の物資返還に係わる不明金とかが関与しているとしたら……。

王永慶は、台湾における宋美齢の私設大臣であり、運輸、通産、大蔵の各大臣を兼ねた以上の権力を持っていたことを考えれば、全く空想的仮説でもないように思えてくる。

列車は長岡を過ぎたばかりのようである。

間もなく新潟であった。

第25章　脳に巣喰う虫

京介のいつもの性癖が限界を迎えていた。

会社は、世の中の不況が深刻になればなるほど、占いやハウツウ物といった読み捨て的ペーパーバックが売れ、それなりに多忙であるが、京介担当の堅いジャンルは、相変わらずである。取り急ぎの締め切りも、押えを指示さえしておけば若手で充分である。

心身共に、温もりが欲しくなっていた。他人には装っても、自分には嘘をつかないというのが京介流の手前勝手論である。

日本海の荒波で少し身体を痛めてから熱めの温泉に入るのもいいな、と思うと、もうこらえ性がなくなり、「総理大臣経験者達の故里」という特集企画が先日コンセンサスを得たばかりなのを理由に羽田に直行した。

森善朗代議士も巻頭者の一人にリストアップされていたのを思い出したのである。

彼は石川県が地元である。しかし、京介には本当に取材する気などさらさらない。金沢に支社もある。会社をサボるきっかけさえあれば良かった。

小松空港からタクシーを拾って、片山津温泉に向かった。うっかり予約の電話を入れるのを忘れたが、どうにかなるだろうと、馴染みの〝矢田屋〟の門を潜った。

しかし、もうひとつ忘れていたことを思い出したのは、顔見知りのフロントマンが、

「羽島様、今日は花の金曜日ですよ！」

と言った時であった。

満室であるが、客の来る時間には多少間があるからやりくりしてみましょう、と言ってくれた時には、真実ほっとした。温泉地に来て、見知らぬホテルに泊まることなど考えたこともなかった。

女将も挨拶に出て来てくれ、特別配慮で、いつもの部屋ではないが同じフロアの見晴らしのいい部屋を用意してくれた。この宿の密度の高い〝なにげなさ〟を、京介は気に入っている。

女将から車と釣り具を借りて、かって知った釣り場を目指した。10分くらいかと思っていたが、意外に30分ほどかかって、足場のいい岩場を見つけ、棹を下ろした。

物好きな人は他に一人も見当たらず、入れ喰い状態であったが、小さな河豚ばかりで、釣り上げた途端に小さいなりに自分の何倍もの腹を膨らませて怒る様子が可笑しくて、久し振りに笑いを誘う。

海と潮風と太陽を懐かしくゆっくりと体感し、叙情的な気分に浸っていると、ひとつふたつと小雨がぱらついている。と共に、急に巻風が出てきて、全身的に冷え込むのではなく痛点のように冷気が刺してきて、早々に棹をたたんで帰宿した。

しかし、暖房の効いた部屋に戻ってみると、最初にこの部屋に入った時と何かが違っており、脳内がざわめきだしている。

脳細胞に巣喰う虫があるとすれば、そんな連中が一斉に騒ぎ、躍りだしているような、真に奇妙な感覚で、しかも瘧《おこり》のように断続的に止んだり、狂い躍りだしたりと、自制が全く利かなくなっていた。

蛇が脱皮するように、魂が肉体という拘束衣を脱ぎ捨てて無限の宇宙に飛び出て行こうとでもしている感覚でもある。

脳疲弊《ひへい》という表現があるかどうか分からないが、思考が懈怠《けたい》の極限にいる。

少し冷めた部分の意識が、必死に脳内をニュートラルにしようとしているが、完全に操縦不能に陥っている。

身体的に強い刺激を与えてみるのも何かの反作用になるかも知れないと思い、大風呂ではなく、源泉に最も近い45～46度はあろうかと思われる小さな岩風呂に向かった。

歯を食いしばって身を沈め、上がっては冷水をかぶり再び入浴する、という行為を何度か繰り返して、真っ赤に火照った身体のままで部屋に戻り、風呂に行く前に冷凍庫に移し置いたギリギリに冷えたビールを一気に飲み干した。

何も考えないで、ただひたすらニュートラルになるのを待つつもりであったが、無駄であった。

意識の中にもう一人の京介が現れて、自分を嗾《けし》かけたり、或いは非難したり、偶には今までもあったが、今日は遂にという感覚で居座ってしまったようである。

ビールの酔いで京介本人の意識に弾みをつけて、脳内に巣喰う虫達やもう一人の京介を追い払おうとすると、呼吸や内臓、骨、筋肉、血流までが声を軋《きし》ませるほど激しく抵抗するのである。その軋みの声さえ聞こえてくるような気がする時もあった。

このまま進んでいくと、ジキルとハイドのような歪められた人格になるかも知れないな……と思いながら、矢田屋の見晴らしのいい、女将特別配慮の部屋から、薄暮れの日本海の方向をぼんやりと眺めていた。

驟雨《しゅうう》のような西の海は勿論見えはしないけれども、岩に砕ける怒涛《どとう》の音が聞こえてくる。

自分の本来の精神的成熟度が低い為に、新たに入り込んだエイリアン的精神に思考が寛容になれないでいるのかも知れない。自分の脳内やマインドワールドが戦場になっているのだ。あの孔子でさえ、〝六十にして耳順う〟と説いている。聖人でも君子でもない京介である。精神の翻弄もあって何の不思議があろう。

最後まで自分自身のマインドバトルに好きなように戦わせてみよう、と思い切って掌中のミニ・レボルバーを胸にあてると、もちろん精神細胞に巣喰う虫達の蠢《うごめ》きは、いささかも鎮まらないが、徒《いたずら》な焦燥感は軽くなったような気がする。

何度目かの熱湯入浴に少し疲れ、ロビー奥のバーカウンターに腰を下ろしたが、ヘネシーも、焼酎も、今の京介には同じ味であった。

部屋に戻って、喉の渇きをビールで潤す無茶をやって布団に潜り込んだ。多分、真夜中になっていたかも知れない。

些《いささ》か飲み過ぎた頭の中で、久々に映像が回り出した。しかし数十年前の記録映画のように硬質なナレーションが入った不思議な世界である。

京介の祖先が盛岡藩の利剛公から下賜された、ノースアメリカン・ミニ・レボルバーが再び脳視に現れている。

そして、歴史書が声になって囁いている。

それは、遣米使節団の代表を務めた新見正興が日本に持ち帰り、将軍に献上しようとした物であったが、その経過の途中でふたつの大きな食い違いが存在したとナレーションが言っている。

そのひとつは、まずこの拳銃をハドソン社に特注したのは全く別人であった。

当時、中国の最大財閥の宋家が娘達の為に金に糸目をつけずに依頼した2挺のうちの1挺であり、新見がハドソン社に最新兵器工場のモデルとして案内された時、それをどうしても気に入り、徳川将軍の名前を持ち出してまで、強引に入手したものであった。

ハドソン社はその為に、全く同一のものを更にもう1挺造らなければならなかった困惑が見えている。

その発注者の娘達の一人、宋美齢の母も見える。

転変としたもうひとつの歴史のシーンは、帰国して幕末の混乱を目にした新見は、徳川家の統帥力に失望し、当時先進的な考え方で衆目を浴びていた佐幕派の一方の巨頭、仙台藩の伊達資宗に献上していた。

月日が飛ぶ。

仙台は青葉城の大広間、伊達資宗が、奥羽列藩同盟を結成した席で、この拳銃を同盟に加わってくれた血判代わりへの礼にと言って、ある盟友に贈っている。

その盟友が、南部騎馬軍団として猛勇を振るった盛岡藩の利剛であった。

京介の心中に永年、蟠《わだか》まっていたものが突然、何かの〝つき〟が落ちるように覚醒と同時に澄み渡り出した。

新見は、FNブローニング・セミオートとボーチャードも同時に土産として持参してきたが、それらの行方は不明である。が、朦朧《もうろう》と記憶に残像が残っているような気がする。

真夜中の矢田屋は深閑としていたが、いつの間にか京介の脳内戦場も休戦していた。

第26章　兼六園

翌朝は本当に爽快な目覚めであった。相変わらず、もう一人の京介も居座っているが、前に進むことしか考えていなかった表の京介に、昨夜の過去を振り返させたのかと思うと苛ついた自分が恥ずかしかった。

部屋掛かりの仲居さんと、フロントマンに少し余分に心付けを弾み、仲居さん推薦のタクシーに乗り込んだ。ご当地名物の軽ナンバーのタクシーで驚くほどの低料金だと力説していた。

久し振りに金沢の兼六園を訪ねてみようと思ったのだ。高速道路を走れば小1時間くらいで着くという。

道すがら、

「いろいろなお客様を乗せますので、いい人生勉強になります」

と言った運転手の話から連鎖していって、信心や信仰の話になった。

或る国の人を乗せて、やはり兼六園に向かっていた時、車の渋滞で予定時間を遥かに超えそうになったら、急に高速道路の上で車を止めさせ、日本海から西の空に向かって深々と礼拝した、というのである。

後方からクラクションの洪水を浴びせられたが、一向に気にすることなく平然とお祈りを終わらせて車に戻ったそうである。

「冷汗が出ました」

と苦笑いをしながら、彼は、

「自分は日本人として神様とか信仰にいろいろな意味で支配されていなくて良かったと思って

います」

と付け加えた。

確かに諸外国では、例えばイスラム教圏やキリスト教圏下の人々は、生活習慣からモラル、道徳、思想、果ては性生活迄神の教えに支配されている面がある、と聞く。

禁を犯すと罪の意識に苛まれ、懺悔をしたり赦しを乞う為に祈らなければならないともいう。ヒンズー教やユダヤ教の人々は、いろいろな厳しい宗教的な戒律に縛られ、時には人生のシナリオまで定められてしまうことさえある、と聞いたこともある。

もちろん、国家的、或いは民族的レベルでなければ、オカルト集団や霊能的集団は世界中に数え切れないくらい存在している。しかし、それらは個人的な集合体であり、個人的な意志で出処進退は決められる。

それらに比べて、

「日本人は楽天的ですから、結婚式は神道、葬式は仏教、家族の娯楽はクリスマスでキリスト教、といった取り込み方をしても何の違和感も感じません。むしろ、神様や仏様との繋がりをエンジョイしているような気がします。少なくとも私はそうです」

と言った。

そう言われれば、確かに京介も同様で、大方の日本人は、多少儒教的考え方に生活の根源的部分では影響を受けているのだろうが、民族的に縛られていない為、特別に良心の呵責とか魂の孤独とかいったものは、宗教的意味合いでは感じてはいないように思う。

それでいて、完全に無宗教かというとそうでもなく、季節折々には先祖の墓参りもするし、大安を吉日とし、友引には葬式も挙げない。

そんなことを思うと、日本人には普遍的なモラルが感じられないとか、道徳的に曖昧な部分が確かにあるが、逆を言えば、頭が凝り固まった絶対主義者ではないと言えるかも知れない。

その精神的な柔軟性こそが、日本人の誇れる部分ではないだろうか？　というのが、車中での二人の会話の結論であった。

京介は自分の異能を自覚しているが、神様や信仰の分野ではないだけに、このような思いがけない時と所による問題提起は精神分野における、ちょっとしたカルチャーショックであった。

しかし、思わず、無意識の刷り込みというものは、人間の根源的存在感に関わっているような気がしだして、車窓の遠くに眼を向けていた。

大安は暦注の六輝のひとつで万事進長への兆であり、仏滅は釈尊の死を取り入れた忌みの悪日であるとか、日本国の何％の人々が意識して行動しているのだろうかと考えると、まさしく精神的な安心感であった。

懐かしい城壁が見える。

兼六園の正門前で思いがけない料金に嬉しくなり、大目の釣り銭を運転手に渡して、数十年振りに園内に足を踏み入れた。

金沢支社長時代、来客があると殆どが観光コースに望んだ為、何度となく来園しているが、いつ来ても心が安らぐ空間である。

中国の〝洛陽名園記〟にある、宏大・幽玄・人力・蒼古・水泉・眺望の六勝を兼ねるを善しとする、を倣《なら》って加賀藩主、前田斉広公が1830年に創設した日本三大名園のひとつである。

昨夜の想念といい、今朝のタクシーのことといい、昨日までの思考の重苦しさやざわめきが薄皮を剥ぐようにうすれていき、例えば雪国の刺すような冷気に麻痺しそうな或る朝、窓を開けると思いがけなく春の気配を感じたような、駘蕩《たいとう》とした気分にさせられだしていた。

京介お気に入りの小さな瀧が見える樹陰の岩場でしばしの懐かしさを味わっていると、次第にふんわりとした気の流れが頬を撫で、鼻孔を満たし全身を包み込んでくれるような感覚にとらわれる。

時を刻むように思い出が湧き出し、現実に重なる度に身が透き通って心が軽くなっていく。

しかし、一方で身体の奥深くで何かが覚醒し、数呼吸した後に息苦しいほどの人恋しさも感じだしていた。この空間には人を酔わせるようなセンセーションが漂っているのかも知れない。

茶屋で熱い甘酒に時の移ろいを忘れ、両手でくるみ込むように無意識を楽しんでいると、ふいに懐古的空気の視線を感じて我に返った。

「やはり、羽島ではないか?」

と声を掛けてきたのは、背が高く恰幅のいい紳士であった。

一瞬の後に40年の歳月が溯《さかのぼ》って熱い想いが込み上げてきた。T建設の橋田であった。

「先ほどから似ているが違うかも知れない、今頃、羽島がここにいるわけはないと躊躇《ちゅうちょ》していたんだ」

と言う。

京介が金沢支社長時代、彼もまた偶然にも北陸支店長をしており、偶に酒席を共にしては情報交換的なことをしていた。

本社と違って京介の会社では支社には各部局はなく、物語、文学、研究叢書から、雑誌、週刊誌に至る迄、総合的に情報を総括していたから、建設業の情報を得たい時には格好の旧友であった。

橋田は今、本社では常務取締役として多忙を極めているので、今回、久々の金沢出張を機にひとときの息抜きをしようと、この想い出の地に足を延ばしてみたら思いがけなく羽島に出会ったのだ、と言う。

京介は若い頃から、人と意識的に交流を図ることはあまり好きではなかったが、無言で技にのめり込める格闘技は意外に抵抗がなかった、高校時代から柔道部に入って何か得体の知れない精神の葛藤に出会ったりすると、思いっきり投げ飛ばしたり、或いは逆に失神するほど大技を掛けられて覚醒した時などは、何とも言えず心地好かった。

大学時代、旧帝大の交流会があって、東大の羽島、京大の橋田、東北大の工藤、北大の高木、と言えば交流会の常連であった。

模擬試合の後に、東京オリンピック代表選手となった明大の神永を呼んで直接指導してもらったことなどは、卒業してから何年経っても思い出話であった。

その橋田こそ、京介が金沢を離れる際、この茶屋で甘酒を飲んでから小松空港に向かったその時、握手をして別れあった相手であり、ここがその場所であった。まさに奇跡的である。

エジソンは、

「天才は1パーセントの才能と、99パーセントの努力で成り立っている」

という有名な言葉を残しているが、京介は先般来のクレアや、箱根の出来事に続いての〝今〟を、

《人生は、1パーセントの偶然と99パーセントの普通》

で成り立っているのではないか、と思った。

しかし、エジソンの言葉は実は誤訳であり、本来の意味は、

《99パーセントの努力も、1パーセントの才能がなければ無駄である》

という意味で言ったということを聞いたことがある。

その真意を今の思いに置き換えてみると、

「99パーセント普通の人生も、1パーセントの偶然があるから成り立っている」

と言えそうである。

まさにユングの説いたシンクロニシティの現実であり、確信であった。橋田との偶然の出会いも絶対そうかも知れない、という真実の感動で涙が溢れるようである。

橋田は、

「羽島の方は、時間大丈夫か?」

と聞いてから、同行していた若い社員に予定を変更させて、一献の段取りをさせた。

橋田のセドリックに同乗して、金沢市内の橋場町にある、料亭〝金城楼〟に上がると、何年振りに会う女将も満面の笑みで迎えてくれた。

最高の昼食会であったが、普段は別世界の業種である橋田の仕事の話や、日本どころか地球をつくっているんだといった会話の妙、人生の出会いや触れ合いの不思議に時間の経つのを忘れるほどであった。

昼食会であるのに、さすがに金沢どころか近県でも最高の食の陣を誇っている〝金城楼〟の料理は最高であったが、話に夢中で褒めるのも忘れたような気がする。

その会話の中で、橋田が熱心に21世紀の創造について語っていたのが、何故か印象的であった。

「今、〝東京ディズニーリゾート〟の完成に向けて最終的な追い込みに入って大変なんだ」

と近況を話しながら、

「しかし、これは、現代の都市構造が変革する方向を探る、歴史的なモデル事業だから、羽島の会社で是非取り上げてくれないだろうか?」

と言う。

「単なるテーマパークやテーマリゾートといった商業目的のみではない、新たなリビングゾーンを模索する画期的な事業計画だと自分は思っている」

と力説した。

阪神大震災や台湾大地震による惨状、国内あちこちで多発しているトンネルや擁壁のコンクリート礫の落下事故等は、発明から開発、発展といった構造的な生、長、熟、衰を50年サイクルとみる最近の学説的視野でみると、現在はその衰期に入っている為の故であり、建設業界だけではない国家的な緊急課題であるらしい。

例えば、日本の近代国家を建設してきた歴史的背景をみると、諸外国の模倣である為、世界的には極めて遅れており、構造物、トンネルや橋梁等、特に高い技術レベルを要求される分野で50年以上経っている物の殆どは、危険な限界にきているといっても過言ではない、とも断言した。

従って、日本国としては徒《いたずら》にパニックを起こさずに如何にスムーズに都市構造を変革していくかが最大の懸案事であり、当方面の最高先進国である米国と相当、深刻なコミュニケーションを図っている、と言う。

そのような意味で、米国と複雑な引き出しを持ったアンダーテーブルでタイアップし、新たな都市づくりを試行しようとしているテストケースが、今回の〝ディズニーリゾート〟の都市づくりのメインアイテムである、と言うのだ。

２００ヘクタールの土地に〝イクスピアリ〟、太平洋に向かって〝ディズニーシー〟、アクセスとしてのモノレール等々、もちろん娯楽空間であるが、未来的な生存空間を目指した画期的な創造事業であるらしい。

１９８３年〝東京ディズニーランド〟がオープンして以来17年も経っているのか、というのが一度も行ったことのない京介の感想であった。

「帰京してから担当部署と相談してみるが、現場を見ておかないと話にならない。必ず記事にする、と約束はできないが案内してくれるか？」

と言うと、

「もちろん、万難を排して俺が案内する」

と破顔した。

橋田の好意に感謝し、小松空港まで彼の会社の車で送ってもらって帰路に着いた。

久しぶりに快適な空の旅であった。

第27章　ターミネーター

未来が現在に流れ込んできて、現実そのものを変えてしまう。

映画「ターミネーター」シリーズみたいなものかと思っていたら、先頃、アメリカのカリフォルニア工科大学の教授が〝意識〟の世界で科学的に立証した、という論文の要旨を読んでいた。

イギリスの専門誌「ネイチャー・ニューロサイエンス」に発表され、大きな反響を呼んでいるものである。

神経生理学的なアプローチの元にあるのは、意識は脳の働きから生まれるとする、いわゆる一元論であるが、〝脳がなくても心はある〟とする対極論のようである。

つまり、人間の意識、心というものは、受胎と誕生の間のどこかの時点で胎児に植え付けられたもので、脳の神経作用によって心を説明することは絶対に不可能だ、と言っているのだ。人の心というものは、父か母が持っている未来の未知の情報も受け入れ、その人が生まれてからずっと蓄積してきた脳の情報の総体、つまり身体で覚えてきた記憶に関係してくるという。

そして、人間の脳には、情報が抜け落ちたらそれを咄嗟《とっさ》に埋める、というメカニズムがあり、そのような情報の空間が生じた時、埋めるものを空間的な周辺から持ってくる場合と、時間的な周辺から持ってくる場合の二通りあり、それが意識、心であるということらしい。

京介の〝脳力〟では理解を超えており、「蛇は夢を見るが蛙は見ない」という立証の方が面白かった。


「脱構築と再創造」というテーマで、新世紀の日本をいろいろな角度から取り上げてみよう、という重い企画となって、〝案〟の前の段階のつもりであった相談が、いきなり具体化して京介担当の特集が決まった。

兼六園での橋田の話を専務に相談してから一週間ほど後の夕方である。

専務室に呼ばれてエレベーターに乗っている間も何の用事なのか訝《いぶか》るくらい、あの件とは思いつかなかった。

「どんな社会も、いつの時代でも完璧な世の中というものは存在しなかった、というところから入ってくれないか？」

と専務が言い出した。

「皇紀と言われた２５００年をこの１００年がどのように変形させ、これからどのように改革していくか、思想的なものではなく、典型的な具体性のあるものをピックアップして多面的に取り上げてみようじゃないか。そのトップを君の持ってきたディズニー関連の都市づくりで飾ってみたらどうだ」

という〝命令〟であった。


週末はともかくとして、ウィークデーの日程調整は特に橋田の方が難しく、二人の浦安行きが実現したのは、３週間後であった。

橋田の配慮で、会社のＰＲになるからと、今日の京介は賓客扱いである。プレジデントの特別仕様の後部座席で、着工前の背景説明も終わるか終わらないうちに現地に着いた。

ディズニーランドさえも見たことがないのにその未来都市を見るというのも少し変な気がするが、橋田の説明では時代はものすごい速さで変わっているようだが、それも何かの要求があってこそだろうな、という感想を深くしている。

しかし、海を見直す街づくり〝ディズニーシー〟のテーマポートの建設現場に来た時、京介の脳内に激しいショックが閃通した。

予想もしなかった義弟のイメージが現場の光景に突然オーバーラップして、自分の意志とは無関係に停止したのである。

ほんの数秒か、数十秒かも知れないが、説明するT建設の若い技術社員の声も全く耳に入らず、無声映画でも見ている気分であった。

ハッと我に帰ったのは、京介の携帯電話がマナーモードにするのを忘れていた為、突然〝レット・イット・ビー〟のメロディを吹き出したからである。

橋田に失礼を詫びて、脳内ショックを一応振り切り、電話に出るとあの元気のいい女子社員からであった。

それほど急を要する話ではなかったけれど、或る意味で自分の狼狽《ろうばい》に陥りそうな局面を救ってくれたようなタイミングでもあったので、意は他にありながら機嫌良く電話を切った。

「急用か？」

という橋田の問いかけに、

「いや、昼食時にちょっとパソコンを使いたいから10分くらい時間をくれればいい」

と答えて、案内中の7つのテーマポートを造るという説明を半ば上の空で聞きながら昼を待って「浦安ブライトンホテル」に向かった。

昼食の食前酒で一応グラスを合わせ、高級料理もそこそこに食後のコーヒータイムになって大急ぎでビジネスルームに飛び込むと、パソコンに向かう振りをして誰もいないのを確認してから思いっきり義弟に焦点を絞って想念に没頭した。

脳の中に分け入るような感覚で〝想〟の中枢に辿り着き、思いがけない〝心〟の蔵を開けることに成功した。

今から約20年前、ディズニーランドの建設が始まり、基礎工事の為15〜16メートル近く掘削した時、石室みたいな物体を重機が引っ掛けた。

中から1メートル四方くらいのジュラルミン製の函《はこ》がいくつか発見され、その時はK建設が請負っていたが工事を一時中止し、発注者を通じて取り敢えず警察に届けている。

しかし、その後の流れは目を見張るほどの機敏なものであった。

その函が発見されたニュースは数時間も経たずに台湾に伝わり、所轄署が中を検《あらた》めるために函を壊す許可を署内で取り付けている最中に、元の地主の関係者が所有権を主張できる証拠書類をすべて携えて飛び込んで来たのである。

どこでどのようなアンダーパワーが動いたのか、さすがの京介の想念も及ばない。中を検《あらた》めたい、という若い警察官との問答も何故か署長が出てきて、一言、二言交わすとそのまま引き取らせていた。

そしてその函は、大型コンテナーに入れられ、直ちに義弟の会社で台湾に運ばれた。輸出証明書等の書類も完璧で、日本出港時も台湾入港時も、税関等で一度も不信感を抱かれることはなかった。

どんな経緯なのか、どんな権力が動いたのかは透視の外である。

そして今回、このディズニーリゾート計画が発表された時、売却予定地に入った或る地主が突然、地元の建設会社を入れて林の中を掘削し、約20個ほどの前回同様なジュラルミン製の函を掘り出した。

多少、腐食はしていたが中身のこぼれるようなこともなく、直ちに大型コンテナーに入れられ、またしても義弟の会社で台湾に運んでいた。

内部は鮮明ではないが、証券類のようなものが相当量あり、貴金属的なものが数函、そして多数の機械部品であった。

それも、ネジ類やボルト様、筒状のものと、雑多なもので、粘度の濃い殆ど暗黒色のオイルに浸り、一見しただけでは一体何の部品なのか想像すらできない品々がガラス容器に納められている。

脳視を顕微鏡的に凝縮させてみる。

多数の小型武器と拳銃の部品であった。

〝普通ではない。常識の通らない超越パワーが動いている〟

と思った瞬間、覚醒した。

しばしの沈思の後、突破口だ！　と気付くと、猛然と挑戦意欲が湧いてきて大急ぎで昼食会の続きに戻った。

橋田は、上機嫌で社員の前で京介の若かりし頃の武勇伝を披露していたが、一刻も早く社に戻って資料室に行きたい気持ちが急《せ》き込んでいる。

京介は、橋田と若い社員のどちらに、というふうでなく、このプロジェクトの計画書と現況写真、完成予想パースを送ってくれれば必ず企画会議に掛けるから、と約束して再びプレジデントに乗車した。

三日後、待望の週末が来た。勿論、鎌倉行きである。妹に義弟の日記とか、メモとか、或いは手紙とか、とにかく彼の手に触れたあるだけのものを出してくれ、と依頼して書斎を借りた。コーヒーと雑多な書類や手紙を手提げ袋に入れて持ってきながら、

「思い出がつらいから捨てようかと考えて、集めておいたところなの」

と言って腰を下ろそうとしたので、

「少し考えたいことがあるから……」

と言葉を濁すと、不満気に部屋を出て行った。

想念と脳視と謎解き的思考をドッキングさせるという初めての試行に、わくわくするような興奮が京介を取り巻いていた。

第28章　裏の裏

亡き義弟の書斎での作業は、傑出したものとなった。

予想と想像の域に自意識が食い込み、妥協的結論を誘い出したのである。

義弟のフレート会社は、オーナーであった父が死亡した後、会社生え抜きの友人との共同経営に移ったが、すべてにおいて正確、守秘堅固であるとの定評が広まり、中堅ながら世界の主要国にカスタマーを持っていた。

特に高級品や貴重品、美術骨董品、或いは守秘を必要とするものに関しては、義弟が納得すれば、つまり順法か違法かすれすれのものでも絶対確実であり、安全な会社としてその信頼度はトップクラスのようであった。

当然、王永慶の会社とも接触しており、一通の手紙が京介の思念を刺激した。

20年前、華僑団の総力を挙げての工作の結果、〝或る物〟を間髪の差で警察から取り戻し、台湾に送った協力に対しての御礼の手紙である。

通常の品物を商業ベースで移動させるのに、わざわざ世界的大物が直筆の礼状を出すだろうか?

フレート業界は、既成や許認可制が極めて複雑であり、かつ、日本的に言うと親分子分的ネットワークを持っていないと、とてつもなく遠回りするようなことにもなる。

いくら保険を掛けたり、ガードしたりしても、敵に回せば時には行方不明になることすら稀ではないらしい。

従って、新規に参入したいと思う、所謂《いわゆる》、一匹狼にとっては極めてやりにくい業種と言われている。

義弟は、王永慶のビジネスファミリーであったのだ。だから、今回の建設工事計画が発表になった時、王を頂点とする華僑グループは直ちに行動を起こし、ビジネスファミリーを総動員して〝或る物〟を運び出したのである。

前回の教訓を速やかに活かせなかった反省的メモも混ざっていた。

思念が込み入ってきたが、必死で想念と記憶と現意識を繋ぎ合わせていると、突然、次元の扉が開いた。


台湾銀行の貸金庫の膨大な中身は、1947年には千葉県の房総半島に運ばれていた。

華僑の領袖会議で王永慶が、アメリカ占領下という火中の真っ只中に、最高の安全性を主張している。

つまり、盗賊が盗んだ物を、或る時間を置いて警察署の近辺に隠匿しようというのである。

意表を突く、とか、裏の裏をかく、といった感じであろうか、
安房白浜の近くに約20トンくらいの小型漁船と漁業権まで購入して擬態を図ってい

る様子が手に取るように見えている。

船内を完璧な要塞に改造して、世界中から来る華僑の為に、10キロメートルくらいの沖合いに出て投錨、船内で華僑だけが預け入れた物のみを選別し、再び世界中に散っていく場面が頻繁である。

しかし、その後1950年の文字が躍る。

朝鮮戦争勃発で太平洋沿岸もにわかに騒然となっている。

それで、作業は途中であったが一旦休止し、別の策を構ずるべく、緊急会議が開かれていた。

そして考えられたのが、往時、義弟の父親が所有していた横浜の大黒埠頭の倉庫に移送するという方策である。

半年後、現実になると再三外国人が出入りする、ということで、環境的に奇異な目で見られるようになって、慎重に事を運ばなければならなくなっていた。

選り分けにその後10年余も要して、義弟と王永慶は再三難しいやり取りをしている様子である。

場面は多分1970年頃、そこが華僑の華僑たる正義と潔癖の典型であろう、自分達の所有権の及ばぬものには決して手を付けようとはせず、当時、開発的にも観光的にも不向きで、住宅地としても最悪の土地を探している。

今後、まず50年は開発されないであろうと見込んだ土地を買収して、埋めておこうと領袖会議が決定した。

それが、この浦安、舞浜の奥の2カ所であり、万一不測の事態が起きても半分の安全を確保しようとしてのことであった。

そこの地下に、コンクリートの室をつくって、その〝物〟を埋め隠している。

王永慶は、後にそれらの所有を主張する者が出て、華僑の関与が明るみに出そうな局面が発生した場合に備えての配慮である、と他の領袖達に説明していた。

しかし、歴史の皮肉は再びこの〝物〟を襲った。

東京ディズニーリゾートの建設計画が華々しくマスコミを賑わしている。

2カ所にわたって埋設した1カ所は、先年建設計画発表時、登記地主が死亡した為にフレートグループにニュースが伝わるのが遅れ、1980年に偶然に請負った建設会社の手によって発見されたが、その後は京介のかつての透視そのままである。

そして再々度の皮肉に見舞われたのが今回のリゾート計画であった。

数年後の1999年。

王永慶は或る決断を覚悟して、公私共に最大の信頼を置いていた日本人を代表するパートナー、義弟を台湾に呼んでいる。

そこから更に、澎湖列島《ほうこれっとう》の或る場所に連れて行かれ、頑丈な要塞様の地下に案内された。

そこには、義弟自身も中身を知らされず、しかし、最高の信頼関係だけを絆に輸送を手伝ったジュラルミンの函《はこ》がびっしりと積み上げられていた。

王は、管理人に命じて全ての函を開けさせ、義弟に詳細に見せている。

証券、債権類から、どこの国のものか分からない帯封付きの新券の紙幣、証書類の他に夥《おびただ》しい貴金属、金や銀のインゴット等がびっしりと、しかも整然と納められていた。

そして、京介が先般脳視した、暗黒色のオイルに浸っていた機械部品が組み立てられて、柔らかな布の上に何十挺もの銃器となっていろいろな型、大きさに分類されて整理されている。

その中にあのFNブローニングやノースアメリカン・ミニ・レボルバーが特別に明るく見えていた。

しかし、ただそれだけの事実を淡々と見せているようには思われない。

王永慶は余人の計り知れないキャパシティを持った人物である。

ＣＩＡやＦＢＩ等にも劣らぬ全世界の網の目のような情報ネットワークを有する華僑グループの総帥であるという自信が溢れている。

特に凶器に係わる情報は驚くべき正確さで彼の耳にもたらされていた。

それらの物にまつわる知り得た限りの事実をすべて、義弟に話して聞かせたのである。

その真意は全く不明である。

しかも、そこの地下室にある鉄壁の保管庫の錠を現存していたふたつの旧台湾銀行の貸金庫の鍵に合わせて作らせ、マスターキーは王自身が、ひとつは王の後継者と目されている人物で、南北アメリカの華僑を牛耳る孫正順に、そして残りひとつを義弟に贈ったのである。

つまり、精妙に作られたその錠はクレアの持っていた鍵のコピーＮＯ・３２２１と義弟の持っていたＮＯ・９０４１とマスターキーの三個のどれでも開けることはできるが、それ以外では、

「爆破でもしない限り無理よ！　何故ならキーナンバーの方に反応するマイコンチップを錠側に埋め込み、設計図は既に焼却させてしまったから……」

と王は何故か力なく笑った。

すっかり老衰して小猿のように小さくなっている。

死期を悟ったような顔であった。

その後、戦後すぐの華僑領袖達の合意では、この地に運び入れることで固まっていたようであるが、蒋介石政権の基盤が定まっておらず、或る時期を待ったのが千葉県の房総半島であった、といった説明を義弟は呆然と聞いていた。


義弟の悩みが始まったのはこの時からである。

そして遂に、日本には帰らなかった。

それが彼の選択肢であり、結論であったのか？

と京介は透視の世界に意識を強制させて、憮然たる思いでいる。

正義と正直と信頼と潔癖を絵に描いたような男が選んだ、殉死とも言える結末に言葉がなかった。

妹の、

「コーヒーブレイクよ！」

という声が背中を圧迫するような迫力に感じられて、思わず飛び上がりそうになった。

中間章

例えば、朝が昼になり、やがて夜になる、と我々は何の疑問も不思議も覚えず日常的に言っている。

しかし、よく考えれば、朝はどうしたら昼になるのだろうか？　或いは何か作為をすれば朝は夜になれるのだろうか？

哲学的な達人は〝永遠の今〟とか〝時間とは運動の速度である〟とか、「私」には詩的にロマンチックに聞こえるような言葉を弄《ろう》したり、しかつめらしく意味付けているが、最近の「私」の脳内にはそのようなフレーズの断片が疑問として投げ掛けられるのである。

「京介」は「私」の分身である。

「私」は、フィクションのつもりでこれを書き始めた。しかし、或る特定の人々にとってはノンフィクションであるかも知れない、と思うようになってきている。

何故なら、この世界には無限の偶然と無限の可能性が存在することを「私」自身が慄然とするほど体験してきたし、同じ波長の同調者にも数多く出会ったからである。

しかも、「京介」は最近どこからかのサイキカルコンタクトのような、或いは超古代からのコズミックメッセージのような受容意識のざわめきを覚えている。

例えば、見せ物小屋の古臭い技術、手品師がいて、口上役、さくらがいて、といった大衆の無知を巧みに利用してきたものが或る時、別の魔術の証明によって否定されてしまうが、新たに予期せぬ時に同じ手法が科学のリサイクルとして舞い戻って来て、再び別の妖しの世界に誘う、といった不思議の感覚の坩堝《るつぼ》に嵌《はま》っているのである。

最初、「京介」の異能は或る物の現視か接触によって触発されていた。長じてその物の関与、もしくは経験した足跡に近付くことによって、脳に波動を覚えるようになった。

そして最近は、五感というものは遺伝子レベルに基底があり、環境とか努力とかによって育まれ方が違ってくるが、いわゆる第六感というものは偶発的なものであって、天賦《てんぷ》とか天稟《てんぴん》といった類のものではない、と考えていた「私」の思い込みはいささか自信を失くしている。

平安中期の陰陽家、安倍晴明は産道の狭さに産声を上げ、あらゆる事を未然に知った、という。

奈良時代の山岳呪術者、役小角《えんのおづぬ》は吉野の金峰山を開いたが、時の権力者に恐れられ流刑された。しかし、遠地の伊豆と吉野を自由に飛翔往来した、という伝説がある。

彼らは凄まじい生死を超える修行をした、と記録に残っている。偶発的なものではなく、天《てん》賦《ぷ》の才能もあるようである。

昔話としても聞くに価する寓話であるが、今の「私」世界では、「私」と「京介」の確実性を問う大テーゼであるような気がしている。

「京介」は多分、クレア・ルイス・ノートンに出会ってからであろう、同じ波長を持っている者の存在をいくつも感ずるようになってきたし、時として思念の世界が枝毛のように凝縮された焦点から、突然あらゆる方向に突き進み、或いはそこに意識が無意識に混入したりして、支離滅裂になることがしばしばあった。

例えば、アメリカのハドソン社にマインドインベードしていたのが、一瞬にして映画のカット場面転換のようにアフリカの南端にフライトして女性の子宮を意識したりするのである。

しかも、そこには確実に「私」以外の他者の、或いは他存在の恣《し》意《い》的潜入が感じられるし、「京介」の意識したものはその強制した〝者〟の意識の投影のようなものであった。

従ってある場合には、地球の裏側にいる人が友人であったり兄弟であったりして、驚愕すると共に、強制的に潜入してきた〝者〟の意識が消滅する時もかき消すように、という表現そのままであった。

そして、「私」はごく最近、多言語が飛び交う多種多様な音声を分け隔てなく拾い上げることができるような錯覚現象に陥っていることがある。

明らかにサイキカルランゲージとか、サイキカルコンタクトとは異質の次元である。例えば香港とかニューヨークの雑踏の中で英語は勿論、ヒンズー語とかポルトガル語、或いはロシア語、アラビア語といった言語の会話を、「私」の脳内では、すべて日本語同様の理解度で通用していることがあった。

現実には、アメリカに数年駐在したことがある為もあって、多少不自由なく英語は話せるが、あとはフランス語が少々、イタリア語は独学でカタコトしゃべることができるくらいであるのに、マインドが何かに触発されると言語の壁はすっかり取り払われ、その情景に出会うと、口唇術のように、幻想であれ透視であれ、目から聴解している感覚で完璧に理解できるのである。

それまでのサイキカルコープでは、脳が反応してそのような会話をしていると想念していただけであって、言語的に聴解している今の世界とは明らかに違っていた。

言葉が〝見える〟ということは、こころの主観的な問題かも知れないが、視覚のプロセスは意識のプロセスとどこかで繋がっているのかも知れない。

最近の学説で、ある学者が、人間の本来性としては地球人であり、一国一言語のような檻から生物学的、人類学的に開放されるべきである、という理論を展開しているが、その遥か延長線上の未来的感覚なのか、とも「私」は思っている。

またある学者は、人類はその誕生から言語をその歴史的記憶保存能力において読み込む本能を有しており、一昔前、若者間に流行した〝クレオール文化〟的原点が、すべての人間に遺伝子的にインプットされている、と言う。

〝クレオール〟とは、元来はコロンブスによる〝発見〟によって、特にアメリカを初めに諸大国に連れて来られたアフリカ諸国からの奴隷達が次々に代わる己れ達の支配者層に対して、或いは、多国多地域からの集合体である奴隷達自身の仲間内コミュニケーションの手段として、フランス語を主軸に改造されていったコスモポライトな言葉であり、意図的につくられたエスペラント語とは根源的に異なっている。

シェイクスピアの〝テムペスト〟の中で、ヨーロッパ人のプロスペローは漂着した島に住む怪物キャリバンに言語を教え支配した。しかもその言語は、喜怒哀楽を泣き声や笑顔だけで表現する幼児的感性を言語体系的に組み立てていっただけのものであったという。

しかし、やがてキャリバンはプロスペローが去ると自分の知性に目覚め、近国の言語を会得し、融合させ、キャリバン語とでもいうべき言語を創出して、今度は自分の言語による支配を拡大していった。

これがクレオールの事始めではないか、という学者もいるらしい。近代的にはあの〝耳なし芳一〞の作者、ラフカディオ・ハーンこそクレオールを現代化させた中興の祖である、という説もある。

彼は多国混血系で、1850年ギリシアに生まれた後に流浪の人生を送った多国言語使用者で、しかもいろいろな場合に、いろいろな意味で多国間通用語とでも呼んだらいいような言語を創作し、意志の疎通を図ってきたものが今でも世界中で数多く使われているという。

例えば、至近な例で、〝ジャパン〞と言えば日本という意味の他に〝漆〞という意味があり、〝チャイナ〞と言えば中国という意味の他に〝陶磁器〞という意味があることは誰でも知っている。これなどは、その特産から名付けたであろうことは容易に察しが付く。

或いは、〝ナイター〞なる和製語も最近では広辞苑にまで載っている立派な国際語になっている。

「私」は、最近の「京介」のインナーワールドをいろいろと思い浮かべてみると想念と思考の境が微妙に揺れ動いているような気がする。

今までのマインドレベルは、

「覚醒している状態」

「夢想している状態」

「夢想していることを自覚している状態」

の3ジャンルに大別されている、と思っていた。

しかし、最近はそれにもうひとつ、

「恣意的に潜入された他の意識が自分本来の意識と混合し、自我が見えなくなっている状態」

というジャンルが加わったのである。

そして、特に気になりだしたのが、「京介」が雑誌人という職業病なのか、或いは、「私」が他人の心を透視したり、想念したことが「私」の心の中に居座っているのか、時として自分の考えや発想が果たして本当に自分のものなのか、「京介」か或いは全く他人の思考や説なのか分からなくなることがある、という悩みである。

「私」や「京介」が自説として主張したものが、錯覚であるかも知れない。

人から聞いた話かも知れないし、どこかで目にしたことかも知れない。

従ってこれは〝フィクション〟である。

第29章　ジェニファーと江梨子

気にかけながら雑用に加えて自分勝手な思惑に追い回されて、延び延びになっていた永遠に素敵な老嬢ジェニファーの墓参りが思いがけず実現した。

香港支社長の交代引継ぎの立ち会い、という願ってもない好機に恵まれ、喜び勇んで成田から飛び立った。通信社系出版社の特恵で、京介が入社した理由のひとつでもある。

内務的引継ぎも多少形式的ではあったけれど、問題もなく、関係方面への挨拶が主であったが、事前の根回しが良かったせいか予定より半日も早く終了した。明朝まで旧友を訪ねたいから、と会食を断って車だけ借り一人にしてもらった。

ヴィクトリアシティを見下ろす小高い丘の北側に〝永遠の処女、此処に眠る〟と彫られた小さな墓碑が京介の涙を誘った。

何かジェニファーの生き方、来し方のすべてが象徴されているようで、生前の清澄さ、生涯独身を通した毅然さ、といったものが彷彿とさせられるようである。

大好きだった蘭の花を墓石が埋もれるくらいいっぱいに供えて跪《ひざまず》いた。

瞑想のような世界が訪れた。


香港のクィーンズ・ロードの雑踏の中で、老齢のジェニファーを労わるように背中にやさしく手を添えながら、小柄な紳士がゆっくり歩きながら話をしている。しかも彼女は中国語で、初老の紳士は英語で話している。

文化大革命の時、発狂寸前の状態にされていた彼女を救った波瀾のシーンがオーバーラップしている。

ジェニファーの母の一族、孫正順であり、その紳士は紛れもなく彼であった。

中国語や日本語、英語や、マカオが近いせいかポルトガル語等に混ざって世界各国の言葉が飛び交う中で、何故かジェニファーと孫正順の会話だけが鮮麗に聴こえてくるし、全く外国語の感覚がなく理解されている。

午後の日溜まりに、時が止まったかのような京介至福の沈思の中の出来事であった。

深い悲しみと慈愛のこもった語り口でジェニファーはゆっくりと孫正順に語りかけ、

彼は多くを語らず頷いている。

大人《だいじん》ぶった伊達順之助が日本国を脱籍して満州国軍に入隊した時、その理想論を貫く為に卑劣と裏切りに彼なりの正論を着せて、堂々と手土産代わりにしたと言っている。

旧満鉄、正式には「南満州鉄道」の大機構にパイプを欲しがっていた〝李寿山〟に秋月江梨子を或る意味で「売った」とジェニファーは背中を震わせている。

五族協和、王道楽土を高らかに掲げ、理想に炎のように燃えていたことは確かであるが、伊達は自分の理想が正義であり公正であったのだろう、と孫正順が応えている。

安奉警備隊を率いて、大孤山から数十キロメートル東の大洋河で140人余の捕虜を、川を赤く染めて情け容赦なく虐殺している様子が京介の涙で滲んだ脳視の世界に映っている。

また、安東、鳳凰城、岫巌を結ぶ三角地帯を支配し、その拠点である龍王廟は、強力な牙城で人々に〝恐怖の砦〟と恐れられて君臨している様もビデオのように見えている。

一人の日本人女性を犠牲にすることなど、蚊に喰われたほどの痛痒も感じなかったのかも知れない。

日露戦争以来、満鉄をバックに大連が大発展を遂げ、安東地区も相応に都市化していくが、それ以前は大孤港が遼東第一の港で大変な賑わいをみせている。

伊達順之助は王道楽土建設の為には、満州国軍が絶対必要であった。

一方満州国軍はどうしても満鉄への切り込みが欲しかった。

伊達は、自分の保身の為、そして理想の実現の為、満州国軍、安東地区司令部中将の肩書きと、帳宗援という満州国人名を一人の日本人女性、秋月江梨子を代償に買った。

世間の常識も、友情も、親子の愛情も、己の理想を貫く為には何の哀惜もなく、取捨していった残酷なまでに冷たい表情である。

秋月江梨子は、最晩年ジェニファーと奇遇し、時の移ろいと共に嘆き、悲しみ、そしてごく稀に過去を懐かしみ、江梨子の臨終を看取ったのはジェニファーただ一人であった。

戦前の父権主義の時代、しかも満鉄の要職にいる父の命令は絶大、かつ絶対であった「家」で婿養子を迎えた江梨子の初恋の相手が、羽島政蔵であり、彼女の結婚と同時に、羽島は傷心の想いを胸に満州へ渡った。

政蔵は1931年の満州事変の直前まで、日本軍の最重要産業であった満州鉱業の技術武官として駐在し、僧侶のようなストイックさで清廉な暮らしをしていたようである。

男勝りの彼女が満州に渡ったのは勿論父の命令ではあったろうが、彼女自身の外面とは全く異なる内面のかすかな淡い想いも、或いはあったのかも知れない。

ジェニファーの慈愛が切々と伝わってくるような優しい語り口であった。

孫正順は、南北アメリカ華僑グループの大領袖を素振りにも見せず、共に涙を浮かべ、静穏の態でジェニファーに寄り添っている光景は、かつて見た映画〝黄昏〟のワンシーンのようである。

出るべき舞台で、出るべき役割を知った男の見事なライフスタイルである、と京介は感嘆していた。

いつか想念の中で、秋月江梨子が盛岡に現れて風呂敷包みを京介の実家に届けた、その中身は一個の22口径の空薬莢と羽島政蔵がただ一度、彼女にプレゼントした彼女愛用の帽子であったのも見えていた。涙が滲んでくるような情景である。

ミニ・レボルバーが忽然と消え、そして突然に戻ってきた出来事もなんとなく頷けるような気がしている。

ジェニファーの眠る墓地から臨む下の街は、いつしか百万ドルの夜景になりかかっていた。

第30章　悲惨と正義と純粋と

久方振りに仕事で横浜に来れた。横浜開港140周年記念行事の取材である。しかしこの記事は、行事や祭事の表面的取材ばかりではなく、1859年の開港以来の歴史的足跡を探る特集という意味もあって、地元にゆかりのある名士や官庁所轄の資料にも当たる必要があり、今回は若手社員だけでは少し荷が重いだろうということで、指導旁々と口説かれて京介に役が回ってきた。

そろそろ気が〝鬱《うつ》〟になりかかっていた時でもあり、表面では「やれやれ」といった風を装いながら、内心は喜々として2日間の日程を割いた。

京介にとっては休暇みたいなものである。社の車で若い社員を連れて約1時間、横浜駅近くを過ぎて、桜木町方面に入った頃から頻《しき》りにどこかからのサイキカル・コンタクトか、スペース・テレパシーのような普通ではない感覚を身体的に感じだしていた。

思えば、その昔、遣米使節団が帰国した由緒の港である。京介のインナーマインドが揺れ動くのも無理はない。

アポを取っていた取材先との約束の時間まで30分ほど余裕があった為、「MM街」から山下公園の方を下見するよう運転手に命じてから、座席に深く腰を沈め、思念に没入してみた。若い社員は、街や道を覚える意味もあって前部の運転手の隣に座っている。

1860年からの時代と、新見正興に念を絞ってひたすら思い続けた。何かがそこに誘導するような感覚を押し上げていたからである。


1868年の暮、新見正興と福沢諭吉の二人が、当時内相をしていた山県有朋に呼ばれていた。

欧米を視察することになったから事前にアメリカの様子を聴聞したい、と言っている。

話の詳細は不明であるが、手土産代わりにと新見正興が持参したのは紛れもなく再三歴史の変わり目に京介の脳視したもの〝FNブローニング・M1800・セミオート拳銃〞であった。山県は、当時としても珍しい自動拳銃を手にして嬉しそうに礼を言いながら新見と福沢を送り出している……。

という、ところで京介は覚醒した。実際には、ほんの数分であったかも知れない。

今まで、どうして山県有朋の放った暗殺者が持っていたのか、頭のどこかに引っ掛かっていたものがやっと霧が晴れかかったような思いである。それでもまだ、想念と現実の思考が疑問という形でくすぶっている。

この拳銃は暗殺者によって台湾銀行の貸金庫に預けられてから、どんな運命を辿ったのだろうか、と正気の京介が思っているうちに、再び脳内がフラッシュアップした。

1914年、第一次世界大戦が勃発していた。

協商側、ベルギー、アメリカ、中国それにイタリアといった諸国に、日本が加わって参戦することに強硬に反対しているのが海軍参謀総長をしている京介の曽祖父、羽島受政であった。

余りの強硬さに辟易した山県は、再び最後の手段である伊藤博文暗殺の傀儡《かいらい》を送り込んだ。

しかし、歴史の皮肉は新橋駅前での山県有朋暗殺未遂事件、そのままを繰り返した。

優秀な副官を一人犠牲にしたが、羽島本人は傷ひとつ負わなかった。軍高官としての強権を生涯初めて私的に押し捲り、山県にいつか貸しを返してもらうつもりでその凶器を強引に持ち帰っている。胸中の怒りが伝わってくるようである。

まさに歴史は繰り返していた。

開港記念の特集取材も順調に運び、関内の馬車道の賑わいを横浜支局の記者と連れて来た若い社員の二人に写真を撮らせたり、聞き取りをさせたりしながら歩いていると、周囲が不思議に温かくなってきた。

京介の旧友達がどこから聞きつけたのか、なんとなく集まって来て、5～6人の見覚えのある顔の集団に取り囲まれていた。

ずっと昔、横浜支局に勤務していた頃の知人も頭髪が真っ白くなっていたが、笑顔で挨拶して来て、咄嗟《とっさ》に名前が思い出せないくらい久し振りの出会いであったし、大学時代の後輩は、親の跡を継いで印刷業を手広く営んでいるといって、自分の店の方を指してみせてくれたりした。

飲み過ぎていつもお世話になった薬局の主人も出て来て握手を求められては、このまま帰るわけにはいかず、旧交を温めることにして支局員を手招きした。

今日の取材予定の最後であったし、若い社員に本社に連絡しておくように指示してから、取り敢えず昔馴染みの〝相生〟でコーヒータイムにした。

中華街はあまり好きではないが、大勢の場合は話が弾みやすい。大道を少しはずれた〝四五六楼〟という、店構えより味にこだわる雰囲気がいいといった誰かの先制案で席を設けた。

談論風発して、京介の意見も盛んに聞きたがったが、今日は聞き役に回って記事の参考にもしたいから、と言うと皆、子供のように喚声を上げた。

いろいろな業種の人々が、いろいろな主観をそれぞれの視点から話す様が大変興味深く、最近の横浜という街が多面的に見えてきたようで大きな収穫であった。

自分でもオーバードリンクの兆しが感じられだしたので、皆に再会を約し、いつもの「横浜グランド・インターコンチネンタルホテル」に潮風にあたりながら歩いて向かった。

明日の朝は、運転手が家によって着替えを持ってくるはずである。大きな遊園地のゴンドラが夜景にひときわ目立ってゆっくりと回転している。

新宿や池袋、新橋や銀座といった雑踏と明らかに異なる健康的な喧騒が、心地好く湾内の海面に吸い込まれていっている。

シャワーを浴びてバスローブを羽織っただけの格好で、ナイトキャップのバーボンをロックしたグラス片手に持って立つと、まるで外国にいるような気分になる。

真夜中、いささか飲み過ぎて喉の渇きに目覚めかかった時、鉛のように重い頭の中で、ある歴史場面が強引にという感じで始まり出した。

再び、あの第一次世界大戦が見えている。

しかし、銃後の世界はまるで異界である。

戦場は帝国主義列強の国際対立を背景に起こった戦争を展開している。

ヨーロッパ諸強国は、三国同盟側、ドイツ・オーストリア・イタリアと三国協商側、イギリス・フランス・ロシアとの2大ブロックに分かれて対立していた。

それがサラエボ事件が勃発するとイタリアは同盟を脱退して協商側に寝返っている。

それを契機に世界の他強国、中国やアメリカ等がそれぞれの利害を賭《と》して次々と参戦していった様子は、まさに武器を持った経済戦争のようである。

1914年8月、日本は、〝日英同盟〟とドイツの有していた山東半島や太平洋諸島の権益を狙った、実に利己的な理由で遂に参戦を決定した。

羽島受政が統合会議で猛反対している。

特に山東半島は、或る卑劣な意味で軍の一部が喉から手が出るほど欲しがっているのだろうと非難している。

つまり、阿片であった。

陸軍の阿部少将が、資源に乏しい日本にとっては重要な軍需物資であり、軍資金の調達における一大支柱である阿片取り引きは止むを得ない、と反論している。

参戦した日本は、表面的には英国に同盟を理由とする〝恩〟を売りながら、歩調を合わせる振りをしていただけで、現実は自国の権益を優先させて、ヨーロッパ戦線とは無関係に独自の作戦を展開している様子が手に取るように見える。

つまり、資源収奪であり、その為には手段を選ばなかった。

石油と鉄と阿片を中心とする資源収奪の為に日本人が累々《るいるい》と屍をさらしている。


一方、ヨーロッパ戦線では、20世紀最悪の戦場と思われる悲惨な情景が展開されていた。

独・仏が国境を接する通称〝西部戦線〟では、両軍が長大な塹壕《ざんごう》に籠もっていつ来るとも知れない援軍を待ちながら、凄惨な戦いを絶望的に繰り返している。

糧道は完全に断たれ、極寒に震えながら、弾薬も尽きて肉弾戦も展開されている。

一方では飛行機や戦車、潜水艦といった新兵器が続々と出現していく中で、地獄のような救いのない戦いをしていた。

英国はその苦戦と惨状を目の当たりにし、仏国たっての要請で或る秘密作戦に助力する事に踏み切った。

この戦争では、飛行機や大砲等、当時の最新兵器をもっても、距離性や命中精度等には、現在とは比較にならないほど問題があり、相手方に壊滅的な打撃を与える破壊力には極めて乏しかった。

そこで考えられたのが、仏領から国境を越えて至近の独領内の要衝の地に塹壕の下を潜って地下トンネルを3本掘り、背後侵入を計って国内混乱を招こうというオペレーションであった。

戦争も長期化の様相を呈していたが、お互いに参戦諸国も疲弊し、それぞれ国内的に内戦や革命的動きも出始めてきている。

標的は〝オッフェンブルグ〟と〝バーデンバーデン〟、〝フライブルグ〟の3街、それぞれ同時に坑を掘り進み、成功率3分の1としても、1本が成功すれば、敵国民の動揺を着実に引き出せる効果はあると協商側連合軍最高会議が決定を下した。

一日に約20メートルから25メートルくらい掘り進めば半年ほどで計画は達成できる、と判断して友好国にプロフェッショナル派遣を要請。

一方、プロジェクトチームは悪戦苦闘している。

地質調査等は疎《おろ》か、航空写真のような俯瞰《ふかん》的な正確な地図もない。

完全に孤立していて糧道さえ断たれている戦場に、如何に人員や資機材を送り込むのか。

半年後という悠長な〝時間〟を果たして今の戦況で待てるのか議論が噴出している。

しかし、協商側の決断は下されている。

日本における時の陸軍大臣は岡市之助であり、その密請を、同盟国の英国から受けた時、岡はそれまでの作戦的な疾《や》ましさもあって総理大臣の大隈重信に全く相談することもなく、独断で20余名の技術者集団と必要資機材を送り込むことにした。

その団長役を務めたのが、あの台湾における農業の大振興を成し遂げた八田與一である。

大臣直接の密命であり、かつ、国際的な秘密作戦の常として、一切の音信を断たれることになった。

突如として行方不明となり、家族にさえ音信を禁じられた20余名にとっては捨て駒的な不条理であり、悲劇であった。

苦難と悲痛な叫びが聞こえてきそうな行程を経て、現地に辿り着いた一行を更なる歴史的な悲劇が襲った。

バーデンバーデンの坑を受け持った八田組は、2キロメートル掘り進んだ段階で、敵味方のどちらが撃った砲弾か訳の分からない爆撃にさらされて落盤、一瞬にして18名を失ったのである。

地上で指揮をとっていた八田は寸時の躊躇《ためらい》もなく、ダイナマイトを抱いて轟然と自爆した。

残りの団員もその後、全員行方不明となっている。

そして、この現実を知る者は誰もいなくなってしまった。


驚愕の事実に呆然とし、飲み過ぎばかりではない喉の渇きに舌がひきつるような思いである。

しかも、今の歴史の経過は京介の脳視ではなく、脳想、とでも呼びたいような想念の流れが輪郭をもって移っているだけで、視えたような錯覚であったのかも知れない気がしている。このような感覚は初めてであった。

八田夫人が、喪服の盛装でダムに身と心を、躍らせた無念の情景が思い出される。

この夫婦の絆というものが、以心伝心といったありきたりのものではなく、その瞬間だけでも京介達と同類のマインドウェーブを持っていたとしたら、充分に理解し合えたかも知れない、と思うと更なる同情を禁じ得なかった。

第31章　ノスタルジー・モード

八田與一の無念さが胸に染み入るようで、再びベッドに横になっても寝付けず、レンドルミンとスミノフの力を借りた。

微睡んだのは夜半もかなり過ぎていたかも知れない。

しかし、羽島受政の血なのか、京介の心奥に空しさとも悔しさとも聞こえるようなサイキカルボイスが響いてきて、殆ど半睡状態で夜が明けた。

熱いシャワーを浴びてバスローブに腕を通しかけた時、チャイムが鳴って、運転手が迎えを告げた。朝食抜きで部屋に備えてあったインスタントコーヒーを飲んだだけで、チェックアウトした。

今日の取材予定のトップは、市議会の長老議員である。インタビューはなかなか面白く、

「横浜を大いにＰＲして頂きたいが、ノスタルジー・モードになって昔は良かった、式の美化

や甘美で歴史を捏造《ねつぞう》しないでほしい。偉大な先人達の業績は、それなりに立派でかつ、その恩恵を今我々が受けているわけであるが、錯誤の延長線上の〝今〟もある。たとえの話として、海外交流の一大拠点であった当地では、歴史的に隠蔽《いんぺい》されてきた過誤とか、当時としてはタブーであったことなど多分あったかも知れない。そのような新しい事実の歴史を是非掘り起こして下さい」

と、締めくくった。

豪胆な議員で大いに気を良くし、御礼を厚く言って辞去した。

教科書の横浜史には絶対載らないような様々な噂話や、エピソードは京介が若い頃の勤務時代にもいくつか耳にしたことはあった。

しかし、今改めて市政の重鎮と言われている人物に言葉にされると、思わず心が騒ぐ。その後取材も滞りなく終了し、支局にちょっとだけ顔を出してから帰社した。

しかし、その夜帰宅して玄関を開けた途端、待ち構えていた妹が飛び出して来て、その後の愚痴話に付き合っているうちにヘネシーを半分も空けてしまい、今朝は完全な二日酔いである。

朝から仕事の山であるが、全く頭も手も動かない。第三者が見れば、何か深い考え事でもしているように映るかも知れないが、内心はどうしようもない無気力で、椅子を窓側に向けていつもの元気のいい女子社員のいれてくれたコーヒーも3杯目である。

突然、書類の山の中で机の上の電話が鳴った。久し振りにM重工業の穂坂弘治郎からであった。或る大きなプロジェクトがあって2カ月くらいアメリカに滞在することになったが、クレアに伝えるものがあればメッセンジャーをやってやろう、という内容である。

仕事もやる気がなく、渡りに舟とばかりに「新橋第一ホテル」で昼食を一緒にすることにした。背広を肩にかけると若い社員が後を追いかけて来たが、全く無視して急ぎ足で階段を駆け降りた。

多少の雑談があって、気になっていた八田與一の話をしたところ、大学の大先輩として近世からの土木工学史の中で講義にも出て知っている、と言う。

ただ、そのトンネルの話はどうしても技術的に引っ掛かるものがあるから、今ここで透視でも念視でもいいいから試みて、断片的なものでも見えたものを書き写してみてくれないか、と言い出した。

穂坂自身もMITで若干、透視術を研究していたこともあり、一般の人々より造詣が深い上に、波長もやや京介に近付くことができるようになってはいた。が、誘発されるものが何もなく、旧知のマネージャーに無理を言って奥のVIP用の個室を暫時貸してもらった。

多少、躊躇《ためらい》はあったが不審が凝縮しており、今の機会を外したら、という思いが功を奏して、予想以上に思念がポイントに到達するのが早かった。

脳裡に浮かぶ様々な情景や、思いをただランダムに羅列していった設計図面の切れ切れや、掘削場面のカット割りのような下手な絵コンテをじっと見つめていた穂坂が、突然断を下ろすように言い切った。

「人間一人、通り抜けることが可能なトンネルといっても、これは100%不可能だよ。国境横断地下トンネルというのは、何かの隠れ蓑ではないのか？」

と言うのである。

例えば、地層が均一であると仮定しても、(九分九厘ありえないそうであるが)岩盤をくり貫《ぬ》くのでは1日20メートルは疎《おろ》か、シールドのような考えすらなかった当時の技術では昼夜ぶっ通しても5～6メートルが精一杯ではなかったろうか？　軟弱地盤層であれば掘削そのものは数倍のスピードでの作業は可能になろうが、補強工作が絶対不可欠である。

八田與一ほどの天才的技術者が分からないはずがない、と迄言い切った。穂坂も大先輩の行為として気になるから、京介に是非とも真相を探ってくれ、とかえって宿題を押し付けられた。クレアにいささかの〝足長おじさんぶり〟を託して、2カ月後の再会を約したが苦悩のようなものが謎に代わった思いであった。

1945年を境に日本は一切の戦争を放棄した。確かにその時以来、戦争らしきものは体験していない。

しかし、戦争というものは、絶望とか悲しみとか悲惨といった〝感情〟の他に、意識世界に、確実に謎的な〝不思議〟も後遺症的に残している、という思いが帰社する道すがらの京介の胸中を塞《ふさ》いでいた。

第32章　悪魔の兵器

余談である。

今の東京、日暮里の近くにあった谷中の感応寺五重塔と言えば、東京人で京介の年代では知らない者はいないくらい有名であった。

昭和32年の心中放火で焼失してしまったが、上野の寛永寺、芝の増上寺、浅草の浅草寺と並んで江戸四塔と称された名塔のひとつである。

現存していれば間違いなく、国の重要文化財に指定されたであろうと言われているが、残念ながら詳細な図面や記録等が残されておらず、何度か復元話がでたこともあると耳にしているけれど、結局立ち消えて今に至っている。

京介の心に何となく残っているのは、焼失したその感応寺五重塔を建立したのが〝大工棟梁、八田清兵衛、同清六、同助四郎、以下46名〟であると建築歴史家の藤島玄四郎が或る本に記している、そのことである。

八田姓が気にかかるのであった。八田家、と言えば近江州高島産である。そして、この近江の高島郡という所は、大工や土木、灌漑専門の技術人集落として江戸創期から知られており、代々奥義としてその技術が伝承され、日本全国に広がっていったと言われている。

各大名の資力を殺《そ》ぐことで戦費を蓄えさせないよう、参勤交代をはじめとする巧妙な政策をとった徳川家康の、もうひとつの施策が普請事業であった。

特に江戸の街の上水道工事、江戸城の修復修繕工事、神社仏閣の建設工事は年中行事であり、割り当てられた大名の負担であった。

従って、短期間に遺漏なく仕上げないと出費が嵩む為、優秀な熟練工を全国から集めることになる。

その筆頭であったのが近江州高島産と言われ全国を渡り歩いた。特に腕自慢を自称する秀れた技術と知識をもった渡り職人達の中でも、高島産と言えば一目置かれたステータス的存在であったらしい。そして、その近江州高島郡で代々総代を務めていたのが八田家であった。

八田與一はどこの生まれであったかは不明であるが、京介にとっては興味深い姓の偶然の一致であり、心のどこかで気になっている。

穂坂が渡米して数日後、南フランス・プロヴァンス地方への出張の用ができた。アルビオン高原のフランス軍、戦略核ミサイル発射司令室を撤去するにあたり、マスコミに公開することになったのである。

アルビオン高原の第一戦略ミサイル部隊は1971年から25年間にわたりフランス核戦力の象徴であった。

18基のS3Dミサイルの射程は欧州全域とモスクワなど旧ソ連の一部を含む3500キロ。しかも、その照準は戦場に向けてはいない。敵国、或いは将来そうなる可能性のある仮想敵国の首都や大都市などの後方を壊滅させるのが狙いであった。

シラク大統領が1996年、軍近代化の一環として基地の閉鎖を決めるまで、一瞬の空白もなく続いた〝核の緊張〟の心臓部がこの司令室であったのだ。

京介にとっては願ってもない好機である。地下450メートルの闇の底へ、暗灰色の長いトンネルを、まるで奈落へ沈むようにゆるゆると電気自動車が進んで行く。

〝ブーン〟と地中から響いてくるような無機質な音を立てながら進むトンネルのコンクリート

の厚い壁は僅かに湿気を帯びており、薄暗い蛍光燈が連続的に灯っているだけである。ゴッホやセザンヌ、ドーブ達が愛したこの憧れを持って語られる所のアルビオンの地の陽光は想像すらできない。

〃カプセル〃と呼ばれた司令室は、ミサイルを確実に撃つ為だけに機能を極限まで追求しており、また、カプセルに詰めた将校は目標については何も知らされず、モニター画面が並ぶ狭い室内には世界地図さえなかった。

暗号化された発射指令はコンピュータで解読され、攻撃目標が三桁の数字だけで表される。広島型原爆の50倍の威力を持つ各弾頭は17分でモスクワ上空に到達したはずだ、と案内のレイモン中佐が事務的に冷静に話す。

人間が住む都市を数字に抽象化し、攻撃の相手がどこかも知らされず命令のままミサイル発射のキーを回す手から躊躇《ためらい》が消えるのだろうか?

基地が閉鎖になるまでの25年間にキーを所持した将校は延べ182名、そのうちたった一人だけ途中で任務を退き、軍まで辞めてしまった将校がいる、と言った。

「私にはキーは回せない」

と彼は暗く呟いて去って行った、と言う。

その将校は今、メネブル村で畑を耕しヤギを飼育しているらしいと聞いて、やっと重い心が救われる思いがした。

帰りの電気自動車の乗車時間、20分は完全な京介のマイタイムであった。現視のトンネル内壁に地獄絵がオーバーラップして、次第に鮮明になってきている。


第一次大戦はまさに新旧兵器の交代期であり、実験場でもあった。その為に多くの不必要な血が流されている。

そして、あの西部戦線では進むことも退くこともできない悲惨な状態が続いていた。

京介の脳視が吸い寄せられたのは、この時から20年後、欧州に悪夢をもたらすことになったドイツの独裁者ヒトラーも、一兵卒としてこの戦線に従軍して寒さに震えている姿である。

最下級の兵卒であったが、地獄の歴史を刻んだ一人になった。

〝イープル〟

ベルギーの首都、ブリュッセルから北東へ百数十キロメートルの所にあるフランダース地方の片田舎の光景である。

1915年4月22日は晴れて温暖な日和であった。

菜の花やケシの花などが色とりどりに咲いている。

火器や人のざわめきが混然と爆音のように轟きわたらなければ、平和な田舎風景である。

午後5時、世界が変わった。

東方のドイツ軍陣地の方から、フランス軍部隊の方向に突然大きな白煙が立ち上がり、斜めにたなびきながら流れていく。

白煙はやがて黄緑色に変化しながら、ゆっくりとフランス軍部隊のいる南方に流れていった。

人類初の大量殺戮兵器、毒ガスが登場した瞬間である。

約6000本のボンベから放出された160トンの塩素ガスは、瞬く間に5000人もの命を奪った。

散乱する死体の顔は黒や緑、青にも変色し、舌はだらりと突き出され、目は真っ赤に焼けただれた上にかっと見開かれている。

口から緑色の泡を吹いている者もいた。

その光景はまさに阿鼻叫喚と酸鼻を極めている。

一週間後、ニューヨークの新聞は、ここイープルの地名から〝イペリット〟という悪名を附して、一斉に書き立てている。

戦場の協商側諸国はその対応に七転八倒の苦しみを味わうことになるが、ただ手を拱《こまね》いていたわけではなかった。

八田達の努力の成果が生きていたのである。

協商側諸国も密かに毒ガスの製造に成功していたのであるが、空から放出するだけでは味方を巻き込んだり、非戦闘員に危害を及ぼす危険が多過ぎ、特定の地域に致命的な打撃を与える手段を模索していた。

それが、地下洞を掘って敵の背後を襲う作戦であった。

八田達の掘削した隧道《ずいどう》は、最終的には人間が通る道ではなく、大量殺戮兵器を運ぶパイプを通す〝洞〟であったのである。

掘削とパイプの推進と接続を繰り返しながら、敵軍の塹壕の下をかいくぐり、長大なパイプを通して端末的には四方八方に散らばる放出口を設置、当時開発されたばかりの空気圧さく機で毒ガスを確実に敵後背地に打ち込む作戦であった。

空を飛ばして最初に毒ガスを仕掛けられたフランス軍は、悲惨を極めたが、ドイツ軍にも空気の乱流による相当な被害者が出ている。

協商側諸国の最も恐れた典型であった。

その後、終戦までに敵対諸国はあたかも実験するかのように、フォスゲン、マスタードガスと次々に高度化ガスを或る意味で無差別に使用していった。
１９２０年、国際連盟発足の演説でアメリカ大統領ウィルソンは、この大戦での毒ガスによる死者は約９万人、負傷者は１２０万人、勿論、非戦闘員、つまり一般民衆も数多く巻き込まれていた、と発表している。

八田達の仕事は、究極は悪魔の手助けをしたことになったわけであるが、この非人道的兵器の歴史的登場を、もし八田與一が予感していたのなら、彼はそして多分、夫人も立派な良心の徒であったと言えよう、という思いが京介の胸中に湧いてきていた。
そして、地上の明かりが前方に小さく見えてきたと思ったのも束の間、再び引き込まれるように瞼が重くなった。

毒ガス開発の先陣を切ったドイツで、開発を指揮した錚々たる学者が居並んでいる。
化学者のフリッツ・ハーバー、同じくオットー・ハーン
物理学者のグスタフ・ヘルツ、そしてもうひとり、
化学者のヘルマン・シュタウディンガー
シュタウディンガーがハーバーに対して、毒ガス開発について科学者としての良心

をめぐるスタンスを激しく問い掛けている。

ハーバーは、

「科学者が永久平和を保障するのは不可能だ」

とシュタウディンガーの〝平和主義〟を冷笑すると、

「科学者であるからこそ、その危険に対する責任と義務がある」と主張する。


この論争は、今も現代科学に問いを投げ掛けている、と京介の現意識が囁いている。

そして、彼等全員が戦後、それぞれの分野でノーベル賞を受賞した。

科学と平和の共存と相克は歴史の宿命なのかも知れない。

その後の施設の見学は、これほど劇的な歴史を垣間見せてくれた余後、といった感覚であり、京介的には殆どお座なりの見学となった。

フランス当局もトップシークレット迄公開する気は更々なかったし、或る程度予想されていた施設内部であり、むしろ余りに予想通りで驚いたほどであった。閉鎖を決めて3年後の公開であり、当然の理であろう。

ただ、写真も自由であったので、S3Dの発射塔やパネル、地上のアルビオン高原に油井のように点在するミサイル発射口等を撮り、トンネルの出口から数百メートルの所に広がるリュストレル村の農民に若干の話を聞いて帰路に着いたが、特集はどうしても京介の主観が入りそうで、それが心配であった。

オットー・ハーンは京介達の世界では余りに有名すぎる。彼は、第二次大戦で史上初めて使用された原子爆弾の製造にも加わっているのである。

そして、後年次のように語ったのが京介の脳底にこびり付いている。

「毒ガス開発に転用された研究は、元来アンモニアによる人工肥料の開発が目的であったし、原爆製造の為に核分裂を研究したわけではなく、人類の未来の為のエネルギー開発が目的であった」と。

科学技術の裏面をみる思いで沈黙させられる。

帰国の機中で京介は共同通信社で出版されたばかりの〝20世紀、未来への記憶〟という本を持参していたのを取り出し、思考的に疲れていたが、職業的感覚で眺めるように目を落としていると、ふと思念が凝縮した。

京介の知識と意識と既視感覚がこの記録雑誌の上に集約されてテロップ様に流れている。

幕末から維新期にかけて、日本に輸入された銃器は約50万挺を超えている。

1850年から1866年までに欧米で開発された銃器は、小銃、拳銃だけで優に100種類以上であり、その大半の種類が日本に入ってきている。

大きな理由は、アメリカ南北戦争と、ヨーロッパにおけるプロシアのビスマルクの出現であった。

特に、鉄血宰相と呼ばれたビスマルクはプロシアの首相としてヨーロッパ外交の主導権を握るが、社会主義運動の弾圧などでヨーロッパ中に戦雲の恐怖を巻き起こした人物としても知られている。

その為に現れた社会現象の顕著な典型が、銃火器の飛躍的な進歩であり、世界的な危機意識を底流に持ったそれら銃器の一大交流であった。

そして、その潮流の中でそれら銃火器メーカーにとって、動乱の日本は絶好のマーケットとなり、新兵器の〝実験場〟ともなった。

結果として日本の金と銀が大流出し、世界的な価格相場にまで影響を与えた、と非難されるほどであった。

ちなみに、1860年代を代表する銃は、南北戦争で大活躍した七連発のスペンサー銃であり、遣米使節団がスコット内務省より案内された有名火器工場のひとつで驚嘆したのがこの連発銃である。

また、ある工場では当時最高、最新の殺傷力を持っていると言われたガトリング砲やアームストロング砲といった、重火器に目を奪われている。

記録では、戊辰戦争の折、佐賀藩の所有していたスペンサー銃は24挺であり、たった5人で300人もの奥羽藩兵を殺傷したケースもあるという。

当時としては驚異的な凶器であったろうが、西部戦線を脳視した今の京介には、「科学と技術には文明と破壊が常に背中合わせになっており、進歩する、という宿命を制止することは不可能なことなんだろうなあ……」

という悲観的な諦観が胸に暗く広がっていくようであった。

第33章　$E=mc^2$

新潟県の中部、山間地区に朱門村という所があり、通常でも冬期は3メートルくらいの積雪がある。

豪雪の時は、5～6メートルを超える場合もあり、昭和の中頃まで、陸の孤島と呼ばれていた、僻遠の地である。

京介の知り合いが、〝自然と同居する環境開発〟関連の本を出版した。その実践を兼ねてと、村興しの為にという理由で村の有志に招聘されたという手紙を貰った。

村長代理、という名誉ポストを設けられて、三顧の礼を尽くして協力を要請されたことでもあり、何とかこの村をＰＲして活性化させたいから京介に特集を組んでくれないか、という依頼であった。

自然、健康、手作り、といったキャッチフレーズがもてはやされている時代でもあり、確かに地球的規模で未来的考察が必要なテーマであるが、個人的な友人関係がベースにあることが気に掛かって余り気が進まなかったけれど、再三の依頼にやっと重い腰を上げて現地を見ながら話だけでも聞いてみようか、という気になった。

新幹線に乗ってみると、しかし、気分はすこぶる快調になってきて、新鮮な空気を吸えるという思いが待ち遠しくなっている。

京介の癖で、人を待たせるのが嫌いな為に小一時間も早く指定の駅に着いたが、友人を始め村の要人達が全員揃って出迎えてくれたのには、驚くと共に嬉しかった。

まだ新雪が降りた程度であったが、これから来る白い魔物に村中が必死に智恵を働かせて立ち向かおうとしている姿が感動を誘う。

記録に残されている幕末からの歴史の概略や村人の生活すべて、克雪の智恵、産物、娯楽に至るまで、細々と紹介や説明を受けて、当初、余り気が進まなかった自分が恥ずかしくなっていた。

そして、この村をこれからこうしたい、とか、こんなことができたら、或いはこんな理想郷は考えられないだろうか、等といった本当に真剣な議論は京介の胸の内を熱くした。

その夜の知人や村の有力者達との囲炉裏を囲んでの「雪中梅」は格別で、東京の酒場で飲む味より一味も二味も味わい深かった。

兎の肉を入れた〝ノッペ〟という郷土料理も、最近よく見かけるテレビの料理番組に決して引けを取らないほどの絶品であった。

その炉端話で、村長から越後長岡藩の河合継之助という維新期の傑物の話を聞かされた。佐郷土を愛し、自然を愛し、徳川幕府という旧幣に真っ向うから立ち向かっていきながら、幕に殉ずるしか道はなかった苦悩を訥々と語る言葉に、深い感動を呼び起こされていた。

布団に入って現在の建築様式ではゆうに2階建てになろうかと思われるような大きな梁がむき出しになった天井を見上げながら、知人心尽くしの豆炭行火《あんか》に子供の頃の母の温もりのような郷愁を思い出させられる。

物心ついた頃から、夢というか妄想というか、そのような類のものは毎晩のように見ていた気がするが、殆ど目覚めた朝には消えていた。

そう言えば、

「最近は、想念の入り混じらない純粋な〝夢〟というものを殆ど見た記憶がないなあ」

と思い出した。

少しこのような自然色の濃い土地で、精神的に裸になってみようかという気になって無思の境地になる〝努力〟をしながら目を閉じた。持ってきた本は閉じたままである。心地好い酔いも手伝って、瞼も思考も重くなっていく。

しばらく夢か現か闇の境を逍遙する感覚を覚えていたが、突然、写真で何度か見た顔、そのままの河合継之助が長岡の悠久山の高台で、思慮深そうな顔立ちで遠くに思いを馳せるように佇《たたず》んでいた。


信濃川の駘蕩とした流れと正反対に、戦場場面が1コマ写真のようにフラッシュアップする。

多くの藩兵が傷つき、屍を野にさらし、長岡城下や付近の村々は焦土と化している。

1868年、慶応4年5月から3カ月も続いた長岡城攻防戦は苛烈を極めていた。まさに新旧兵器の見本市のような大量殺戮戦であった。

長岡藩は敗れ、新政府軍に降状した。

薩摩、長州藩の理不尽に対する遺恨を残しながらの降状である。

敗戦の屈辱は、薩長藩閥政治への反発となって郷党の人々の心に深く残り、新政府軍を官軍とは決して言わず〝西軍〟もしくは、〝薩長〟と呼称している光景が印象深い。

その最たる誇りは、落ちた長岡城を再び奪い返した「八町沖渡河戦」である。

その作戦は、長岡藩軍事総督、河合継之助があみだした奇襲戦であり、少勢で敵の本拠地を衝いたこの作戦は目を見張るほどのオペレーションであった。

しかし時代は、遥かに先を走っていた。


ゆるやかに覚醒して、自然体で暗闇が目に入ってきた。まだ夜半である。

静かに記憶が漂う。

100年という年月も京介世界ではあっという間である。

時代が走り、20世紀は科学技術の飛躍的進歩を生んだが、その基盤的志向は、一方で大量殺戮兵器の限りない開発へと突き進んでいった世紀でもあったと暗視に思う。

その結果、イデオロギーとか、大義とか、真理といった精神世界は、或いは腐敗し、或いは崩壊し、過去の経験や基盤が高速で消滅していった。

そして、自然の流れとして良識ある危機意識は、世界中の英知を文明の衝突を避け得る国、つまり自由主義大国に集め込むことになったのか、と今更のように京介は思い出した。

例えば、アルバート・アインシュタインがヒトラー率いる反ユダヤ主義者や愛国主義者達の攻撃から逃れてアメリカに渡ったのと時を同じくして、独裁者や偏狭主義者の魔手を逃れて数多くの物理学者や化学者が世界中から集まって来た。

イタリアからは、ムソリーニを恐れたE・フェルミが、ハンガリーからはL・シラードやE・テラーといった世界最高の頭脳の持ち主と称された人々である。

しかし、歴史的にみると彼等が純粋に文化、文明発展の為の学問として追究していたものが時に、対極的に利用される運命の皮肉に翻弄された。

その極端な典型がアインシュタインの第二論文で明らかにされた中で最も有名な〝核のエネルギーの存在、E＝m^{2}c〟の公式である。人々は、この科学者が未来に夢をもたらすことを期待した。

しかし、ルーズベルトはその未知のエネルギーを破壊への手段として利用することを考えた。

科学と技術の進歩は、常に明と暗、表と裏を併せ持ちながら歩んできたのが歴史の紛れもない事実である。

20世紀とは、この百年間を封印するただひとつの表現を見付けることなど不可能な世紀かも知れない。

そして、一方では人間の〝欲望〟が進歩を誘い急がせ、時代が或る意味で一人歩きし、地球も宇宙の小さな島であることに気付いた世紀でもあった。

際限のない欲望の未来は、自由主義も社会主義もすべてのイデオロギーも見えなくなり、虚無の世界が来る、と誰かが言った。

20世紀を代表するアメリカの大富豪、ハワード・ヒューズの、

「この世のあらゆる欲望の対象を獲得した。この果てには何があるというのか?」

という言葉がまさにシンボライズしている。

晩年は人間を嫌い、たった一人の友人しか信用せず、ホテルの部屋を完全な無菌室にして幽玄の世界で孤独に死んだ。

フランスの思想家ポール・ビリリオが、

「欲望の加速化の果ては、人間は自然や他者と疎遠になり、虚無に陥る」

と語った典型である、と思い出した。

京介の暗闇に目を凝らした頭の中で、人の名前とか数字とか次々に展開されていくが、記憶が補って闇のスクリーンに視えたような感覚になる、といった不思議な感覚であった。

河合継之助の戦死からもうすぐ150年が経とうとしている。

21世紀は20世紀の欲望と資本主義の爛熟の果ての黄昏からどんな「希望の原理」が立ち上がっ

てくるのだろうか？　そんな気障《きざ》な言葉を頭に思い浮かべた途端、肩の冷気で思わず我に帰った。朝日が眩しく入って、先ほどまでの闇はすっかり消えている。やはり、朱門村でも純粋な夢は見ることができなかったが、爽快な目覚めであった。

村長や友人に、多分記事にできるでしょうと、好意的な社交辞令だけでない言葉を残して村を辞去した。

帰りの車中で昨夜の想念と夢の入り混じった冒頭部分が微睡みの中に現れていた。

列車は上野駅から地上に出て、東京駅がアナウンスされている。

第34章　マザーネーチャー

冬まだきの一日、京介は数年振りに青春時代を思い起こす母校の地に立っていた。

昔日、

「どんな複雑な生物と言えど、すべてＤＮＡの二重螺旋と、わずか四文字の遺伝子記号で表すことができる」

という講演を聞いた時、感動と何故か戦慄を覚えた記憶がある。

1962年秋、東大駒場祭の講演会で壇上にいた、その年ノーベル賞が決まったワトソンとクリック両博士の話であった。

二人は、

「DNAは、或る領域ですべての生物に共通であり、遺伝子は種を超えてどの生物にも共有できる」

とも指摘した。

時代は否応なしに新しい再創造、つまり、〝改造植物〟とか、〝改造動物〟のようなものでも創り出すことができるようになったのかと、言いようのない感覚に襲われた瞬間を思い出した。

大義は時代によって造り替えられ、本来は自然の摂理であった受精という領域に人間の手を加えることによって、ある特定の目的に添った〝改造人間〟を造る日も遠からず来るかも知れない。

〝生命の神秘〟というものを侵犯してしまった冒瀆のような、そしてまた、第二のエデンの園の扉を開けてしまったような、複雑な思いで雑誌社新入社員の京介は、初の取材を終えた時の場面が今でも記憶に生々しい。

そして、1997年の初秋、35年前と同じ場所で、現代最高の物理学者の一人といわれるスティーブン・ホーキング博士の講演も聴いた。

身体が不自由な博士は、電動の車椅子に乗り、コンピューター合成の声で質疑にも応じたが、尊敬するアルバート・アインシュタイン博士のことに触れると、生き生きとした音声が肉声のように伝わってくるようであった。

ホーキングはアインシュタインの理論と仮説を実証するのが自分の役割である、とも語った。〝時間も空間も相対的な存在である〟とした特殊相対性理論も、〝光量子仮説〟も、或いは、〝ブラウン運動理論〟、そして重力によっては光も曲がる、としたことで知られる〝一般相対性理論〟も現在ではそのすべてが解明され、実証もされていると説明した。

とりわけ、ニュートンの万有引力の法則を覆した、という衝撃的な実証理論に言及した時は、体の不自由さを全く感じさせないほどの迫力があり、その時の姿が目に浮かんでくるようである。

ワトソンとクリックの時に感じた理由なき〝戦慄〟や〝恐れ〟といったものを、今また感じ出しており、宇宙も我々の存在もすべて解明されるということは、果たして人類にとって真の幸福というものをもたらすのであろうか？　という疑念が、京介の胸中に暗雲のように湧いていた。

しかしそういう時代、21世紀という未来の時代がもうすぐ目の前にあるわけであり、改めて京介は自分の〝思考〟というものを考えている。

駒場寮が建て替えられると聞いて、40年の想い堪え難く、立ち寄った晩秋であった。

朱門村の何百年、営々として同じ文化、同じ生活様式が続けられている歴史の一方で、人間という存在そのものを問う最先端の文明が一刻の時を争って開発されている現実を、たった数日間で味わうことができる自分を、やはり普通の人より人生得をしているのかも知れない、と思って今にも崩れそうな建物を見つめていた。

駒場寮に足を踏み入れてみると、殆どの学生は立ち退いていたが、たまたま京介が入っていた四人部屋に明かりがついている。

懐かしさに廊下から声を掛けて、何十年前の住人であると告げると、爽やかな顔がにっこりと微笑んで部屋に招じてくれた。

「電気は何とかつけてくれますが、ガスは止められているんです。もう立ち退き期限を半年以上も過ぎていますから止むを得ないんです」

と言って卓上の電気コンロで湯を沸かし、いつ洗ったのか分からないようなコーヒーの渋がこびり付いたコーヒーカップに、インスタントコーヒーをいれてくれたので、ちょっと抵抗があったが、折角の好意であり有り難く頂いた。

淋しかったのか、或いは京介が身分を明かした為の気安さからか、いろいろ話し掛けてきて、

「自分は、公務員I種試験に合格しましたので、その合同初任研修に備えて、講師の一人である評論家の立花隆さんの本を読んでいるんですが、凄い人もいるんですね。自分の今まで見てきた世界の狭小さをつくづく感じさせられています」

と言う。

その本は京介も読んで知っていた。

「どんな風に?」

と問う京介に、

「自分は東大生という自負心から、変な確信を持って偏狭な世界にいたような気がするんです」

と言って本を開きながら、赤線のいっぱい引かれた頁をパラパラとめくって見せた。

「立花先生は、」

と敬称を付けて、

「人間を構成しているすべて、つまりヒトゲノムの解読は事実上ほぼ完成しており、とてつもない世界の扉が開かれ出した、と言っているんですが、自分は遥か未来のことだと思っていましたし、文科系ですから深くは知ろうともしませんでした。しかし、今人類は、文科系も理科系もない、地球学的な知識の習得が必要なんだ、と気が付いたんです」

と、目を輝かしている。

何百年先の話ではない。

ほんの20～30年先の将来、情報とバイオは圧倒的に大きな役割を果たしていく、と京介も思ってはいた。

経済も社会も文化もこの二つの分野の動向とは絶対に切り離して考えることはできなくなるはずである。何故なら、知識のターンオーバーが早過ぎるのだ。

爽やかな学生もそのことに大ショックを受けた、と言うのだ。

《ゲノムテクノロジーの開発には、医学、薬学、農学から、化学、物理、工学など統合的な研究が要求されている。今、現在の我々の生活で最も重要な役割を果たしているもののうち、どれだけが50年前、１００年前に存在し、これから先50年、１００年後の世界に今のどれだけのものが重要な役割を果たしているだろう》

といったようなことを立花先生は書いていると言う。

つまり、今までの２千年は世界が自然条件にのみ依存していたダイナミックプロセスであった。

しかし、今から先はヒトのアクティビティが大きく係わるプロセスになる、ということなのだろうか。

自然の与える条件を運命として受け入れるしかなかった存在から、或る意味で運命に反抗し得る存在になる。表現を換えれば、神によって決定されている〝もの〟に逆らえることができるようになる、ということか。

今迄の地球は、マザーネーチャーが一方的にその運命を決める高次元多様体であった。

しかし、

《これからの世紀は、高次元多様体の連続体が、未来に展開していくダイナミックプロセスとして過去も未来も含む因果関係の総体として展開していく》

とも書かれているという。

つまり、過去も現在に取り込みながら未来の予測に基づいて現在を修正していくべきである、と。

世界は、ヒトを媒介として全体が壮大な時空を超えた因果関係の総体として再編されるようになった、ということである。

人間の活動空間は地球表面から宇宙空間迄広がり、更に進んでは太陽系外宇宙にまで進出していくかも知れない。

そういう時代になれば、あらゆる意味でグローバリゼーションは本来性に戻り、〝国〟による地球支配の時代は終わる。

その端緒に立った21世紀、ヒトはこれまで神聖視され、アンタッチャブルと考えられてきた生命世界に迄その自然操作能力の可能性を求めることになるのだろうか?

男性同性愛者の人工生殖技術による妊娠も〝或る国の或る島〟で実現した、というソース不明のニュースも聞いたばかりである。

どのようなロジックを用い、どのような〝法〟で規制しようとも着実に人類は全く新しい時代に足を踏み入れつつあるのだ。

悪魔というのは、精神世界のものだけではない。〝マックスウェルの悪魔〟というのが物理学の世界にあるらしい。

その学生は、《あらゆる生命体の基本構造である細胞とは、実はマザーネーチャーがたまたま作ってしまったマックスウェルの悪魔のシステムみたいなものである》と立花先生が書いていると言う。

21世紀は、このマックスウェルの悪魔から脱皮していくのか、それとも全く別の新しい人類史を刻むのか、2千年紀における、まさに第2のパンドラの箱が今、人類の前に置かれているような気がしてきた。

目の前にいる若い学生の真摯な、しかし情熱溢れる話し振りに、京介も年代を超えて久し振りに本心に帰ってディベートしていた。

21世紀を迎えた時、この駒場寮が跡形もなく取り壊されていることだけは確実である。

第35章　20世紀からの未来への通信

1998年4月1日、京介達はアメリカのヒューストンで世界各国から来た大勢のマスコミ関係者の中にいた。

たった今、ヒューズ社の予想外の記者会見が終わったところである。

1997年12月24日、純商業目的で多面的な用途を持ち、投資的民間資本によってロシアのプロトン・ロケットを使って打ち上げられたアジアサット3号は、目的の静止軌道に達せず、極端な楕円軌道を回っている、という発表であった。

中国、香港、英国の合弁会社を通じて受注した、通信、放送を主目的とした世界で初めての大規模な商業衛星は、つまり失敗である。

多額の投機的資金は世界の注目を浴び、昨年華々しく記者会見した時とは全く異なる沈痛なムードが漂っていた。

商業化に社運を賭《と》したヒューズ社の威信が懸かっている。明日のヒューズ社の株価が見ものだな、と思いながら〝20世紀から未来への通信〟という特集を委された京介チームの初仕事の巻頭を飾るつもりが、散々な出足となったことに憮然としていた。

成功していれば、巨額の資金が流れ込むことが予想されるニューマーケットである。京介達は今回の成功に次ぐどんなプロジェクト発表なのか期待したのも当然であった。

帰国して、何とか記事を作ろうと関連資料を当たっていたところ、2カ月くらい経った或る日、突然ニュースが入ってきた。

軌道を外れ、宇宙のゴミとなっていたはずの衛星が、急に自分の意志を持ったかのように勝手に軌道を創り出しながら動き出した、というのである。

従来の物理学や科学の常識に逆らって、楕円形の軌道の最遠地点高度を徐々に上げ始めたのだ。つまり、地球の引力に抗した、ということになる。

そして、当初の遠地点高度から予定静止軌道の十倍以上の距離を超える15万キロメートルに到達したところでの公表であった。

世界中の科学者達は、まず、変則軌道であっても地球周回中の衛星が突然、地球の引力圏から離脱することの奇跡に驚くと共に或る結果的な予測や推測をしだした。

このまま加速を続け、高度を更に延ばしていったらそこには地球とは別の重力源〝月〟がある。

よくある誤解であるが、或る大学の教授と話していた時、知らされたことがある。地球などの天体にはその高度を越えれば重力がゼロになる〝無重力圏〟というものが存在する、と思っているのは大きな間違いだというのである。

重力という力そのものは、距離と共に弱まるとはいえ、無限であり、軌道上のいわゆる〝無重力状態〟というのは、地球重力と軌道運動による遠心力が釣り合った結果に過ぎない、と言う。

だが、軌道上の見かけの〝無重力〟と同じ理由で複雑に天体が関係し合う場合には、個々の天体の〝重力影響圏〟が新しく存在することになる。

アジアサット3号の場合は、つまり月の重力影響圏とかち合うことになる可能性が出てきたのだ。地球の引力より遥かに弱い月の引力に引かれることなど物理学の世界では考えられない現象である。

惑星間の飛行には、必須の運航法があって、そのひとつにスウィング・バイ、或いはフライ・バイと言われる加速と減速を交互に繰り返す航法というものがあるらしいが、ヒューズ社は、大方の科学者が予想した通り、このアジアサット3号の宇宙屑となった機体を、月とのスウィング・バイによって本来の目的エリアとは全く別の静止軌道に送り込もうとしたのだ。

しかしこれは、大変な困難と知力と技術を要することである。ヒューズ社の総力を結集したことは当然であるが、或る所から、アジアサット3号に内臓されたコンピューターが勝手に作動しだしたのである。

そして遂に1998年6月16日、衛星は月と接近遭遇した。しかし、またしてもとてつもない奇跡が起こった。

物理学的には、月の引力圏に入れば何らかの制動をかけない限り月に激突することになるはずであるが、そこで突然ヒューズ社のコントロール下に入り、ここで得た軌道速度を利用して或る静止軌道に定着したのである。

膨大なコンピューターと人間の極限の英知を結集させた結果であることは言うまでもないが、十数分間のコントロール不能の時間は関係者達の歓喜の声の陰に埋もれた。

そして、もうひとつの結果を歴史的にした事実は、民間所有の衛星としては初めての月を周回する衛星となったことである。

今の衛星打ち上げの世界は、官民共に長足の進歩を遂げている。なかでも、従来型航空機から空中発射されるロケット衛星は、低重量のものしか打ち上げられないが比較的操作性が自由であり、またコストパフォーマンスに優れているという理由から多方面に利用されだしており、ペガサスのように商業目的にのみ打ち上げられているものもある。

一方、このような科学技術世界の拡大に対して、思想の世界の歴史的積み上げを人類誕生にまで遡って再考すべきである、と論ずる傾向も姦しくなってきている。

京介の恩師である、現代きっての哲学者、村岡道男は、

「我々人類がこの地球上に出現して以来の個体の死や、類の滅亡がこの宇宙に意識体の萌芽を生み、意識惑星の核を創りつつある」

と主張する。

何百万年間かの人類死後の想念が凝縮し、何千億、何十兆という意識が集合した個体となって質量を持ち、微粒子レベルでこの宇宙に存在し成長している、と仮説しなければ解けないレベルの謎がある、と言うのだ。

極論すれば、アジアサット3号の奇跡的軌道修正もコンピューターが意識的に誤作動を起こした結果の成果かも知れないし、或いは意識惑星が何らかのパフォーマンスをしたかも知れない、という仮説を絶対的に排除できる証明もない、ということになるのだろうか?

しかし、京介は、我々人類の頭脳や意識世界といったものは、宇宙開発や大量破壊兵器等の物凄い技術開発に比べて何と置き忘れられているのだろう、と思っている。

村岡説での論旨は、勿論今始まったことでもないし、彼だけの特異論でもない。

過去に幾人もの学者が、意識の質量化に関する主張をしている。

そして、意識体の質量化というものを仮説しなければ説明不可能な事態が起こると、これも

決まって、自然現象とか、古承伝統とか、歴史の歪《ひず》みといった決まり文句の中に埋もらされて殆ど無視されてきているようであるが、２千年ミレニアムを目前にして、京介には時の流れの速度が感じられるようになってきたし、宇宙も見えてきた。

京介の意識感覚の革命的変容は確実に始まっているし、生、長、熟、衰、のサイクルでみるとすでに何故か衰期に入っているような気もする。

肉体的にも、思考的にも、沸々と異質の今まで経験したことのない奇妙な、そして表現できないフィーリングが頻りに湧くようになっていた。

最近、京介は毎朝夢を見る。

シングルアクションのミニ・レボルバーが、あの有名な映画〝００７シリーズ〟の冒頭部分のように、銃口を真っ直ぐ自分に向けている。

しかも、持つ人は毎日変わっている。新見正興であったり、羽島受政、およう、秋月江梨子であったりする。王永慶もいた。そして悲しい決着をつけた義弟は再三現れた。

素敵な老女ジェニファーやクレア・ルイス・ノートンを夢見た朝は決まって目尻に涙がこぼれていた。

そして、目が覚めると、魂のどうしようもない孤独を感じるようになっていた。

第36章　マウス・オブ・マタポイセット

京介の会社での業務は特に変わったこともなく、例の元気のいい見習い女子社員は、水を得た魚のように動き回っている。

それは、やっと〝半人前〟に認められてチームに加えられた為でもあるようだ。京介の与えたパートテーマを彼女なりに〝料理〟して、結構分厚い原稿を持って来た。

21世紀のトレンドを多面的に捉えてみようということで、各方面、各界、各ジャンルに分かれて特集別冊を組むことになった、そのひとつである。

彼女はふたつのトレンドを多少粗っぽかったが、面白い視野から捉えて書いてきた。

そのひとつは、或る大学教授から貰ってきた〝21世紀はコミュニケーションと輸送の技術的大発展とその融合の進化が基底になるだろう〟というコメントを元にしたものだ。

短期トレンドとしては、殆どのものが現在ある輸送手段のイメージを超えて、瞬時に世界のあらゆる場所から地球の裏側の別の場所へ移動できるようになる、新たなグローバリゼーションが始まるであろう、という意見であった。

また、映像フィルムは過去のものとなり、デジタルカメラ様のもの等は、幼児の玩具にも等しくなって、インターネットがいくらブロードバンド化しようとも追い付けない発想の大変換によって生まれるものがある。

例えば、脳波や網膜を印画紙の代わりにする映像の記録システムである。２０１０年頃になれば、エンターテイメントの殆どは〝個人化〟しているだろう。〝個人化〟とは、自分の好きな時に、好きなように選択できるようになることを意味する。〝マイグラス〟を掛ければ、そこは映画館であり、プレイステーションになる日も遠いことではない、という意見であった。

彼女が取り上げたもうひとつのトレンドは、新しい帝国の出現の可能性についてである。

今、全世界に8千万人を抱える華僑の〝見えざる帝国〟があることは周知の事実であるが、その経済は5千億ドルとも6千億ドルとも言われており、中国本土の国家予算をすら上回っているらしい。

その〝見えざる帝国〟が21世紀には、何らかの形でそのベールを脱ぎ、アメリカに次ぐ〝見える経済国家〟を作り上げる可能性が極めて高い、という。

ふたつとも京介の公私の興味を引き付ける内容であり、初陣にしては上出来であったので、多少の修正を指示してオーバーに褒め上げてやった。

目をキラキラ輝かせて自席に戻った彼女が、間もなく紙コップに熱いコーヒーをたっぷり入れて、クッキーまで添えて持って来てくれたのには苦笑いさせられた。

その夜、久しぶりにテレビを見た。

日常、ニュースと特番以外、殆ど見ることはないが、某テレビ局の〝20世紀映像の記録〟という番組だけは時間さえあれば見るようにしている。

昨夜は20世紀最後に近い記録放送であったが、その内容は京介の関心を充分に引き付けるものだった。湾岸戦争の生々しい映像の後、或る科学者の解説が斬新であった。

「大陸間弾道弾は高度数千キロメートルを飛翔して、今では地球上の殆どすべての〝地域〟に到達できる。しかし、遠地点で瞬間的に地球軌道に乗せてから目的地に命中させるのと、円軌道に初めから乗せて攻撃するのとでは、技術的にもエネルギーの消費量的にも雲泥の差があり、〝地域〟でなく〝地点〟にポインテージさせるのが究極の目標である。従って、21世紀の兵器産業の目指すところは、この大陸間弾道弾に高機能を搭載させて、高度100キロメートル程度の低軌道に安定的に乗せることであろう」

と言う。

命中度的にも、破壊力的にも、抑止効果的にも、もし実現すれば相手方に与える恐怖は計り知れないものとなり、いろいろな意味で、現存する兵器の何倍もの効果がある、と目されているらしい。

現在、最も影響の大きい兵器は、ふたつのカテゴリーに分けられているが、そのどちらにも当てはまらない第三のカテゴリーになるかも知れない、と言うのだ。

つまり、第一のカテゴリーは、核兵器等である。

第二のカテゴリーは、光線やビーム兵器等である。

この第二のカテゴリーが将来の世界秩序に深刻な影響を与えるだろう、と考えられてきたのが20世紀末であった。

そして、世界の技術水準が上昇するにつれて、大量破壊兵器の開発に対する技術的障壁は当然加速度的に低下して、次には行きつく所なく、対抗兵器もより精鋭高度化していくのも当然の理である。

そして、高機能高度化兵器ができれば当然それに対抗できる、更に高度な防衛システムができ、するとまたそのシステムを突き破る兵器が開発される、といったまさにスパイラル研究であり、技術開発であるのが歴史であった。

文明の発展と技術の革新が生み出す世界は、予想もつかない危険に満ちているのかも知れない。そして、歴史的には、それらを抑止する試みは事実上すべて失敗に帰している。

何故なら、開発を抑止する最高の力はそれを上回る破壊力しかないからである。毒を制するのにより強い毒が必要であることは紛れもなく歴史が証明してきた。

そして21世紀、第三のカテゴリーが現れると予想されているのが、超低軌道で地球を周回できる高機能を有した衛星型弾道兵器である。

衛星追尾攻撃排除バリアーを持ち、平和期には衛星として、危機発生時にはピンポイント攻撃できる最精鋭の兵器となり得る〝機器〟の誕生とは、どんな未来をもたらすのであろうか？

過去に衛星機内のコンピューターが自意識を敢えて持ったとしか考えられない〝事件〟もいくつか報じられている。

宇宙のどこかに、我々人類が誕生して以来のすべての死後の意識体が集合化して質量を持ち出していると仮説しなければ解けない謎も存在していると主張する学者もいた。

もし万一、それらが複合的に反作用して、現代文明の最新技術で得られた計算式を狂わせる、という〝危険性〟や〝可能性〟というものは、確率的に考慮されているのであろうか？

新世紀への移行期は破壊と再生の連続的な転換期であることは何千世代にわたって我々人類が経験してきた。

アインシュタインもいれば、ルーズベルトもいた……歴史は必ず繰り返している、という思いが深く残った夜であった。

久しぶりのテレビの所為か、つまらない憶測の所為か寝付きが悪く、ハルシオンをヘネシーのダブルで流し込んでも覚醒と朦朧が混在して、夢のような、幻覚のような半睡状態をさ迷っている。

数週間前頃から、京介のマインドワールドが変容していく感覚が一層進行しつつあるような気もしている。

脳の襞《ひだ》に刻み込まれたいろいろな記憶的ロールは、現視なのか、幻視なのか、現聴なのか、幻聴なのか、情報の量も時間の流れも超理性、超自我的脳細胞に支配されるようになっていく感覚であった。

2～3日前から読み始めたハードカバーを思い出してナイトランプをつけた。無理して眠らなくてもいい、と開き直るかのような思いであった。

1978年に発表された、マージ・ピアシーによる〝時を飛翔する女〟の翻訳本がハードカバーで再版出版されていた。

主人公コニーは、現実と2137年の第二の世界、マウス・オブ・マタポイセットとサイキカル・コンタクトをすることにより、つまり、時の壁を越えて交流することによって、幾つもの歴史的世界の不思議な裂け目を覗き見ることになったが、どこにもユートピアはなかった。

いや、緑なすユートピアらしき所は存在していたが、常に対極には反ユートピアたる〝ディストピア〟の地獄も存在していた。

歴史を裂け目から見るということは必ずしも希望に繋《つな》がるものではない、ということなのだろうか？

京介は今迄、数え切れないほどの歴史世界の裂け目を京介的視点から覗き見てきている。ただし、それは意識的か無意識的かを問わず少なくとも恣意的にユートピアや希望のようなものを求めたつもりはなかった。

しかし、マージ・ピアシーだけでなく、歴史世界の裂け目を覗き見た人達が他にも、何人もいる。

１９９５年に科学史家、ダナ・ハラウェイは、２１００年頃、人間の生理分野や精神分野に大きな革命がもたらされ、或る種のシンセティック・オペレーションが施される世界になっている、と論じた。

そして、サイボーグという概念を局面的に捉えて、機械化身体への志向を目指した20世紀から、21世紀は大きく飛躍し、サイボーゴロジーの名のもとに、心と身体をめぐる境界の人為性というものを根源的に見直す論議が必ず沸騰する、と断言している。

サイエンティスト達の奉じるサイエンスと、エンジニアの専有するテクノロジーに対応して、必ずスピリティズムというものが出現してくる、とも言っていた。

科学者と哲学者が、技術者と芸術家が、お互いに引き裂かれ、本来は持っていた神秘性とか超越性、深遠、といったものが喪失された20世紀の過誤を21世紀は重層的に再構築し、新しい形の精神的創造が必ず生まれてくる、というのであろうか?

義肢とか、人工心臓ぐらいまでなら何とか理解できるが、人工精神とか人工思考、人工脳葉など、今の京介では理解できるはずもないし理解したくもない。

まして近い将来、宇宙意識が分子化して、触れることも可能なほど実体を備えた存在として物質化する未来性もある、と論じている世界など想像すらできるはずもない。

しかし、と京介は思う。

果たして、人類の欲望というものは何処までを未来に求めるのであろうか?

そして、自分の異能はいつか普遍的になって、異能でなく常識になるのか、そんな思いにも捕らわれていた。

夜が白々と明けかかっている。

終　章

群馬県と長野県の県境に嬬恋村という所があり、その中央部に位置して、村の宝とも財産とも誇っている田代湖の透き通るような水際に、友人の別荘が1棟だけ他と離れて建っていて、殆ど京介の自由気儘に使わせてもらっている。

一年中管理人が維持を上手くしてくれているので、思いつくまま電話を入れて行っても、何の不自由もなく快適に過ごせるようになっていた。

60坪くらいの吹き抜けのワンルーム形式で、ログ造りでありながら、内装は北欧懐古調に凝った京介好みの山荘にできている。

床や壁暖房の施された贅《ぜい》を尽くしていながら、暖炉があって、その前には樫製のロッキングチェアーが置いてあったりと、あくまで〝昔〟を装っている趣もいい。

途中のコンビニで買った2食分の食料とウイスキーを手にタクシーを降りると、顔馴染みの管理人が、

「後で、捕れたての牡丹鍋を持っていきます。暖炉も丁度良く火が通っています」

と言ってくれたのも嬉しかった。

夜は生き物の音か、風のざわめきか、聴き分けることもできないほどの静寂で、人工の音というものが全く耳に入ってこない時空間というものは、どこでも望めるものではなかった。

1999年12月31日、2千年のミレニアムをこのような雰囲気で、しかもたった一人で迎えるのが、もう何年来の夢であった。

幸か不幸か人里離れた湖畔であり、携帯電話も通じない。従って、自分が今、ここにいることは京介のオープンワールドでは誰も知らないし、摑まえることができなくなった。

外の寒気とは別世界のように暖房の効いた広い空間で、素裸の京介は安楽椅子に身をのけぞらしながら、風呂上がりの火照りを楽しんでいた。

ずっと昔の或る日、荒涼とした岩山で無数の蝶の乱舞を見たことがあるが、今は馥郁と香る花々の中に、たった一匹の蝶が透明なのに飛んでいるのが見える。

数え切れない歴史のシーンを、様々な感動や驚愕や無念といった感情の揺れ動きで見てきたが、一方で虚勢も張らず、自意識も過剰にならず、ひたすらつましく、しかし已に自由な心でひとつひとつ取り込んできたような気がする。

普通の人々の何倍、何十倍というマインドジャーニーというか、マインドワールドといったものを経験してきた。

充分過ぎるぐらいマージ・ピアシーの世界に嵌《はま》り、数々の歴史世界の裂け目も見過ぎたような、そんな思いが脳裡に漂っている。

そして、自分という存在に〝けじめ〟というものをつけなければ、限りなく野放図になっていきそうな今の精神ワールドに、恐怖的な不安を覚え出してもいる。

もし、誰かの言う意識核というものが、現実に誕生しつつある、もしくは既に存在している、というのなら、或いは、マージの分身であるコニーが実際に体験した2137年の世界に本当にマタポイセットが存在するなら、スピリチュアルなワールドかディメンションが何千万年という人類誕生からの系譜の中に存在しているはずである。

意識の集合体、といったものが突然変異的に現れることは絶対にあり得ない、というのが識者の共通認識である。

それなら、その流れのどこかに京介が何らかのサイキカルメッセージを送れば、或いは京介と同じ波長の同族意識を求めるコールを送れば、何かの反応があるかも知れない、と真剣に脳細胞が意識しだしていた。

衛星のように地球を周回しているのか、壮大な太陽系外宇宙をハレー彗星のように無限軌道を巡っているのか知る由もないが、間違いなくその中心には、核となるものが存在しているとすれば、京介の今のメンタルアンテナでコンタクトできるような錯覚にも似た確信的想念も現れている。

幕末の儒者、佐藤一斎が、自分の進むべき道を問うた弟子の一人に、

《暗夜を憂うるな！　ただ一燈を頼め》

といった言葉が思い出される。

自分の人生を賭けた思考の末が、その可能性を不可能性と全く同率に分けた場合、その選択を今、問われているような気がしていた。

〝ただ一燈〟とは、今の京介にとって何だろう？

大好きなペーパーバックの強烈な印象を受けた題名が次々と瞼に浮かんでくる。

栗本慎一郎が「フィクティシャス・サイエンスの語り部」で語っている美学も京介の羨望する美学である。

《我々人類は死ぬ為に生きている。壮大な自己死の儀式を執り行う準備をしつつ、生きている》

と書いた。

筒井康隆は、「幻想の未来」で、

《絶望的な死からでも恍惚とした精神の再生は有り得る》

と書いていた。

覚醒剤か麻薬のように、言葉の表現が京介の大脳を揺るがしている。

エロティシズムもあれば、蕩尽《とうじん》感覚もある、哲学的なペダンティズムもあれば、宇宙空間か胎内にいるようなジーニアル感覚もある、様々な記憶や思い出、感覚、想念といった雰囲気が、この山荘も京介の脳内も溢れんばかりに支配していた。

外は、益々凍てつくような寒さが加わっていっているようである。山荘自体が、凍み走りのような悲鳴を時々上げていた。

京介は気儘に居場所を移し、今は床暖房の温もりを胎内のように背中に感じながら思いっきり大の字で寝そべり、10メートルはあろうかという高天井に目を向けながら、この身が生きて来て経験したり触れたりしたであろうすべての感覚か、思考か、想像もつかない〝意識群〟の飛び交うカオスの世界にどっぷりと浸りきっていた。

意識群、と思われるものがどんなものなのか知る由もないが、オーロラのような重い、密度の濃い感触で充満しているのである。

しかし、どんなに混沌としていても今夜は、或る一点に思念が絞られて、京介の自意識に凝縮するように挑んできていた。

自分の人生最大の〝賭けの時〟を迫られているのかも知れない。映画や写真や幻灯のような懐かしい場面が、酔いの朦朧さの中に漂っている。

管理人が、鉄鍋にたっぷりと猪肉と野菜を入れて、沸々と煮えたぎる音が聞こえてきそうな儘《まま》をぶら下げて玄関のチャイムを鳴らした。

バスローブ姿の京介を見ても最近は特に不思議がりもせず、何をしに来たのか何をしているのかとも聞かない。

「冷めたら肉が固くなりますから、熱いうちに召し上がって下さい」

と言って、親切に縄で編んだ鍋敷まで添えて置いていってくれた。

舌鼓を打つという表現はまさにこのことか、というほど美味で、ウイスキーの水割りを片手に暖炉の前で堪能していたら、再びチャイムが鳴った。

あらかじめ京介に言い置いた以外の用件では、絶対といっていいほど来ることのない管理人であるはずなのだが……と多少、訝《いぶか》りながら玄関に出てみると頭をかきながら、

「失礼とは存じましたが、ウイスキーしかご持参になっていないようでしたので、牡丹鍋にはどうしても日本酒と思いまして、余計なことかも知れませんが地酒をお持ちしました」

と言って、上がり框《かまち》に地酒の〝蒼湖〟を置いて京介の「ありがとう」も聞き終わらないうちに帰っていった。

人の親切に現実に戻り、野趣に様々な感覚を癒し、暖炉の火に顔を火照らせながら、〝蒼湖〟も空にし、ウイスキーも2本目である。

しかし、意識がどこかの部分で覚醒していて、今日は酔いの終着が決して来ようとしないし、或る思念の京介自意識への挑戦も相変わらず強烈である。

その様子も、脳内も、もし他者が見れるとすれば、まさに異常の世界であるかも知れない。来年2千年が、京介の還暦であるが、倍くらいの年を経たような気分がしている。思考の集中や、脳内戦争に疲れると、再びウイスキーを呷《あお》り、暖炉の炎を凝視する。

幼い時代に還ったり、見たこともない次元の間に挟まったりもするが、自然の成り行きかも分からない。

半睡眠と半覚醒の状態を繰り返しながら、〝今〟の感覚のない、無意識を意識しようとする時空の歪みの間をさ迷っていた。

本来は見えるはずのない歴史の裂け目を見、天国らしき所も、地獄らしきものも、覗き見た。通常では想像すらできない体験をし、すばらしい出会いと触れ合いに感動し、或いは悲運に同情し涙した。

世界の文明や文化に驚愕し、畏怖し、感嘆もした。

最高の友情に触れ、究極の崇高な愛も経験した。

勿論、森羅万象とはいかないまでも、数限りない世界と対面してきた昨日までから、明日はどんな世界に生きていけばいいのだろうか？

具体的には何ら富とか、名声とかには無縁であったが、精神的には〝果て〟を見たような気がする。

ハワード・ヒューズが選んだ美学も、ついこの間まで理解はできなかったが、今は自分が精神的に入れ替わったとしたらどうするだろうか？　と自問できるスピリチュアルな老衰期に入っているようでもある。

一人の京介は、自分の進化と未来に〝恐れ〟と〝不安〟を覚え、もう一人の京介は、対面的に〝限界への挑戦〟といった利かん気を剥《む》き出しにしてきてもいた。

永遠に美しい物、純粋な喜び、何千年もの時を経ても、人々の心に残ったものだけを見ることができたり、感じたりできるようになれるなら……と思う一方、自分の精神が怪物化し、変容した肉体を纏《まと》い、エネルギーや自己主張を持ち出したりしたら……と考えたりすると、戦慄するような狂気の世界に嵌る。

人間の生き方には「公式」と「非公式」のふたつの方法がある、と京介は思っていた。つまり、未知数の空欄に何かを入れることによって回答ができる生き方と、初めから方程式のない生き方である。

今、京介は第三の生き方を考えていた。そして、ゆっくりと立ち上がった。つい、今し方まで細胞を揺るがし、五感を襲い、外界との一体感を拒否していたものが、明晰に透明になっていく。

2000年1月1日にこだわっているのは、自分の精神存在は100年単位で語り得ることなどできるわけがない、という美学的自負心がどこかにあったからだ。

千年単位で宇宙意識に集約されていければ……或る確信的究極感触を得たような気がするが、正解であるかどうかは勿論、定かではない。

しかし、歴史を知った者は歴史を築いた人々の命や志を受け止めなければならない、という宿命伝承は、マインドワールドを駆け抜ける者の鉄則である、と京介は信じている。

最愛の人のように胸に抱いていた、ノースアメリカン・ミニ・レボルバーに、西施から頂いた金メッキの22口径の弾丸を1個だけ充填し、窓を開けた。

漆黒の冷気が戦慄のように襲ってきた。

〝どうしてこんなに星が綺麗なんだろう。いいなあ……この自然は！〟

心に語りかけながら、肺が冷たくなるくらい大きく息を吸い込み、東の空に向かって真っ直ぐ腕を伸ばし、撃鉄を起こし、腕が凍えるくらいの時が経って……ゆっくりと引き金を引いた。

冷気を突き破るような小さい鋭い音を発した後には、微かな硝煙と静寂が残った。

もし、京介の思考が、意識核、或いはその周回軌道に、それとも現在まだその存在が確認されていない意識惑星に伝わることができれば、京介のメッセージは必ず理解してもらえるはずである。

22口径の弾丸は、新世紀に開発されるであろう衛星兵器の低軌道に乗るように、地球上空を周回し、京介の望む丁度1年後、つまり2001年1月1日に京介の心臓のど真ん中に命中するはずである。

京介が変死でもしない限り、どこにいようとも……。

ノースアメリカン・ミニ・レボルバーがポトリと、凍てついた窓の外の地面に落ちた。

そして、誰もいなかった。

しかし、山荘には明かりが煌々と灯り、暖炉には薪が山になって、赤々と燃えている。

人の気配は全くない。

夜は深々と冷えて、更けている。

京介の〝意識〟は、その情景をはっきりと見ているし、金メッキされた22口径の弾丸が、高度100キロメートルで地球を周回している様も、手に取るように見透いている。

ただ、意識を纏っている自分の〝肉体〟が見えないだけである。

北緯36度50分08、東経138度30分19、次元の裂け目であり、その真上、遥か宇宙の彼方には、意識惑星の萌芽があった。

終

あとがき

幕末から20世紀末の本当に直前までは、激しいけれど魅力に満ちた時代だったと思います。いろいろな戦争とか、様々な事件がありました。文化文明の大開化がありました。そして目を見張るほどの学野の進歩と、目まぐるしく時代が移り変わってきたわけですが、今、青春を謳歌している人々には、大変だったとか、有利、不便とか、悲しみとか、奇異とか、100の言葉をもってしても語り尽くせないと、感じることも多いかと思います。

しかし、大抵の人々はその時代の変化に順応し、困惑と気楽さを奇妙に同居させ、気分的にもどこかにゆとりがあったのではないか、と想像しております。

その反面、私共の知り得ない様々な欲望や陰謀が渦巻き、歴史の裏面を動き歩いた人々も多かったかも知れません。

想像は果てしなく広がります。

いずれにしましても、この拙著によって、読まれる方々がそれぞれの百数十年を振り返り、さらに興味をもって頂ければ、この上なく幸甚に思います。

最後になりましたが、本書を執筆するに当たって、数多くの文献を参考にさせて頂いたことと、陰に陽に勇気づけてくれたE氏、K氏、先学の方々、そして文芸社の皆様に心から感謝申し上げます。

参考文献

『20世紀　未来の記憶』
共同通信社
（H11年刊）

『21世紀・知の挑戦
（特別編）』
立花　隆
文藝春秋
第七十八巻第七号
（H12年刊）

『時を飛翔する女』
マージ・ピアシー
學芸書林
（H9年刊）

『幻想の未来』　筒井　康隆
角川書店
（S46年刊）

『世界の涯ての弓』　林　巧
講談社
（H10年刊）

『明治東京畸人傳』　森　まゆみ
新潮社
（H11年刊）

著者プロフィール

鳥谷野　涼（とやの　りょう）

1940年　岩手県盛岡市生まれ
1962年　東北大学卒

思考の結界

2001年2月15日　初版第1刷発行

著　者　鳥谷野 涼
発行者　瓜谷 綱延
発行所　株式会社 文芸社
〒112-0004　東京都文京区後楽2-23-12
電話　03-3814-1177（代表）
03-3814-2455（営業）
振替　00190-8-728265

印刷所　図書印刷株式会社

ISBN4-8355-1324-X C0093